ASTRONAUT
(*Astronaut 2*)

アストロノート

Poetry 5
Keiji Matsumoto
Selection
5 / 9

Koshisha

目次

アストロノート

アストロノート予告編

二〇世紀の終りに
脳は
もう人間の頭蓋骨には収まりきれなくなったので
外に出された
外に出た脳はどんどん小さくなって
ケータイになった
その脳は人間のようにくよくよ考えたりしないのでよく喋り、よく手紙を書いた
言葉が外出を始めたのだ
外出を始めた言葉は節操もなく増殖を繰り返し、自ら拡散した
拡散した言葉に質量はない
だから
世界はいつまでも同じ重さをしていた
いや、むしろ軽くなったのだ
軽くなった世界で
人間はボーフラのように中空を漂い続けた
漂いながら喋り続けた

書き続けた
手紙を

君は電車の中でそれを読むだろう
信号待ちの交差点でそれを読むだろう
文字たちがぶるぶると震えているのを人間は知っていた
文字たちは恥辱に震えているのだ
いかに言葉を使い果たすか
それが人間たちの新しい遊びだったのだから
そうして言葉は
猿たちの手に届く場所にまで零れ堕ちた
物語はここから始まる
新しい歴史が！
「これは実話である」

猿たちが人間の言葉を喋りはじめると

人間は沈黙を選んだ
沈黙を選んだ人間は次第に記憶を失ってしまい
いったい誰が
どうした出来事が
人間から言葉を奪ったのか
もう思い出せない
人間は逃げ惑うだけの白痴で
体毛も生え揃っていないその気持ちの悪いつるつるの生き物を
猿たちは軽蔑し、憎んだ
あんな下等な生き物に怖れを感じてしまうのはなぜだろうと猿は思う
思うが
深くは考えない
文明は美しく醜い
それは欲望だけが美しく醜いのと同じだ
文明には文明の自意識があり
もはや誰のものでもない自意識によって個は

支配される
猿も同じ
かつて人間は人間以外の種にも言葉があることを知っていた
イルカにはイルカの言葉があり
狼には狼の言葉がある
猿にも
だが彼らの言葉に人間が恐怖するということはなかった
なぜなら彼らは
それを書き表わすことができなかったからだ
結局、文字の発明が諸悪の根源だった、のではないか
「イヤダ」と一匹の猿が言ったとき
人間は喜んだ
「嫌だ」と一匹の猿が書いたとき
人間は人間の言葉を
奪われたのだ
しかし

それは猿の不幸の始まりだったと言える
むしろ沈黙を選んだ人間こそが
解放されたのだ
もうこんな不幸は猿どもにくれてやろうという段階が
人間に訪れていたということだ
そうして
人間は次の進化の段階へと入っていった

2001・12・12
「戦争とは流通である」

「流通が人間を支配し、滅ぼした」

「関係性への期待と恐怖が人間を饒舌にする」

「愛と消費」

「通貨には幻滅するだろう。なぜなら人間はすでに文字を疑っているからだ」

「人間の文明とは死者の記憶から知を盗み続けることだった」

「そして名前を付ける」

「ああ、最悪の思い出だよ」
「苦痛だったのね？　私に名を与えることが」
「うん」
「あなたはそれに抵抗すべきだったわ。私は名前のない生命でありたかった」
「じゃあ何て呼ぶ？」
「呼ぶ必要なんて無いわ。あなたが反社会を生きる限り」
「そんな孤独も幻想に過ぎない」
「いいえ。ちっとも孤独なんかじゃないわ」
疎外は夢
解離は憧れ
死は古典
運命のように
血は血を演じ続けるのだ
私は新しい猿たちに告げよう
この立ち枯れた宇宙の片隅では
起源無き動力があらゆるものを支配している

それを人間たちのように「時間」と呼んではならない
君が見たものの一切は
君自身の外部の形象にすぎないのだから
それを人間たちのように「世界」と呼んではならない
退屈なのだおそらく
何もかもが
君には

その「退屈」を「不幸」と思うな
「言葉」と思うな
裂けよ！
ラアーッ！

アストロノート

詩にできることは「否定」だけだ

：

問題が多岐にわたっているとは思わない

そうかね？

痴呆は脳の進化かも知れないな

アメリカ文明ね

そう、人間はみんな年老いてアメリカになる

フロリダの鼠になる

え？

：

……

福岡に来て3回目の引っ越しですが、目と鼻の先をうろついているだけです。地名に変化がありませんので、引っ越しの通知をしても見過ごされることが多く、少し心配しています。百道浜から出られないのは、この海辺の埋め立て地を福岡から切り離して意識しているからだと思われます。私はギリシャに行くと言って福岡に来ました。ギリシャに退屈しに。そして未だに退屈すべきギリシャを探し続けているわけです。

そんなもの、あるはずがありません。やっぱり地方都市に埋没するのが怖い。一刻も早く東京に戻りたい。詩や映画は都市の文化ですから、最大の都市と同じサイズをしているべきです。小さな棺桶に死体のサイズを合せるような芸当は私にはできません。にもかかわらず地方公務員としての生き残りを選んでしまったという。陰惨です。

誰に対しても面目がありません。

…

2001・9

ク…

クダラナイとは思わない

総てにおいて

え?

「まだ何かがある」なんて思うなよ

ああ…

T／「トーモコロシ」畑から

D／ドルチェの速度で近付いてくる

U／宇宙
「マツモトエレジー」
残骸？
いや虫だ
…
ひどい死臭ですね
ええ
おい浮遊、わしら自縛組にちっとは還元せえや
患者さんにもミミクロを与えるべきだわ
だってねえ
イツキ君は歩けますか？
虫捕りに行こうよ
「先日は…たいへん失礼してしまったのではないでしょうか…」
エティック？
やる気ないなあ
短く乾いた舌の官能を

どうしてもトンボが捕りたいと娘が言いますので
「あかんあかん何言うてまんのや。ぐるっと回りまんがな」
クネリ?
傷?
おれなんか水子や
眼球黄色どんより汚濁組合
ラムネとか、クリームソーダ以外には
ジョルジュとかクラウディア、女の子は消える消える
断言は勇気ではない
「ずりよる」もの?
U/海
記憶が定かではございませんのでまったく
はい
結局ね、こんなん経済活動でも何でもないね。道楽や。生活費が手に入ってようやく
ナンボですから。チンポじゃありませんよ。ナンボですよ。
瞑想するタイスの背中に

青空
そして爆発
有明海までノンストップで失踪した時は確かに輝いていたのですがこの二人、その帰り道で道に迷ったのでしょうね。わたしはわたしだけね。「車の運転を習っておくべきだったわ」とフランス映画なら言うかもしれませんが所詮ね、カローラですから三重ナンバーの、いつになったらこの人は東京に連れて行ってくれるのかしら。
え？
知らん
ゲイブ？
だいいち私はあなたたちが何者なのか知りません。タクシー・ドライバーズ・ユニオンですか。何ですかそれは？
忘れて下さい
マーラーは長すぎる
そしてバンダイサン
ア、イ、ウ、エ、オと言えるか
どんなにスクリャービンな秋を待ち望むことか

ガブリエ、ラ?
妻は仕事。今朝彼女が出勤しようとするのを子供たちは泣き叫びながら引き止めようとしていた。玄関先で。玄界灘で。俺は布団の中でボーとしながらそれを聞いていた。「じゃあね、カーハちゃん、パパ起こしてね」「やだよおーっ、カーハちゃんチビっ子だからパパなんか起こせないよう。ママがいいよお、ママ保育園連れてってよお」
書いてみろよ
このところナマズ喰わずで
アメリカはやっぱり第7大陸を発見できなかったのだし
要求には応じられない
ああでもあの歴史的失態は
いやわかんねん、でもな
「ソーダ中毒と言ふんだつてよ」
今?
樹は歩きますか?
とにかくおれたちには毒ガスだのミサイルだのを開発する資金も時間もないのだから、パチンコ、ナイフ、その他ありもので何とかするしかないわけだが、そうした苦境にある以上精神の昂揚こそが生命線である。しかるにそのザマはなんだ。もはや武装蜂起を呼び掛けるに足るだけのマニフェストが君に書けるとは思えない。もうリミットは過ぎたのだし、このままダラダラと君の内部の葛藤に付き合うのもどうだろうか。おれは今でも期待はしているのだし、書けるとすれば君しかいないだろうことは同志の多くが理解していることでもあるが、今の君では駄目だ。最低だよ。いつからそんなふうになってしまったのか、何が君をそれほど消耗させているのか。まあそれを聞いたところですでに同志諸君を納得させることはできぬだろう。残念だが君はすでに見切られている。悔しいと思わないかい？

ラアー！

まったく理解不能だよ。家族を犠牲にしてまでやっていることに少しも自信が持てない、責任がとれない、ということは何なのか。どうして詩人であることを周囲（親兄弟、親族一同、同僚、友人）にひた隠しにしないといけないのか。そんなにみっともない思いをしているならやめればいいじゃないか。そもそもなぜお前はよりにもよって詩なんか書いているのか。小説でも書いてみろよ。

ラアーッ！

最後の夢では僕はとうとう首謀者になっていました。とにかくそうなってるんです。

設定が変ってしまってる。それで僕はやっぱり「ドームに行け」と命令しています。運転手は京本政樹なんです。僕の夢には結構出てきます、京本政樹が。理由は判りません。だいたいが悪役ですが、ここでは運転手をしていた。彼は僕の命令で動く事になっていますから、何か命令しなくてはいけませんよね。でもドームへ行けという以外に、僕は何を命令していいのか判らないんです。この作戦自体がまったく理解できていない。我々は何をしているのか。目的は何で、誰に何を要求しているのか。いったいTDUとは何か。TDUと僕の関係も判りません。でも首謀者なんです。とにかく首謀者。だからここでは首謀者を演じなければならないんです。それができない。で、京本政樹が何か嫌みっぽいことを言うんです。「おまえ首謀者のくせになんだ」みたいな。ねちねち僕を追い込んで行くわけ。

ロボコンて片輪ちゃうのん?

いいえ

賞金100万円だ

ええよおれはそんなんもう

何?

猿「キーッ!」

それからというもの
チュル？
チュルリラ？
ナマズ喰わずで
ベルリラ？
さあ
チャルメラ？
わかりません世界人類が言うことなんて
それっておれが悪いんか？
その朝、僕はまだ夜明け前に目を覚ましたんです。確かヘリコプターの音がしていたと思う。それで起こされたんだと思います。そんな時刻にハッと目が覚めることなんて普段はまったくありません。だからかなりヘリコプターの音が響いていたのだと思う。でも判りません。僕が当時住んでいたのは世田谷の松原なんです。東京から神戸までヘリコプター飛ばしますかね。飛ばします？　あ、そうか、関西圏の支局に電話が通じなかったとか。まあそういうことならあり得るな。とにかくヘリの羽根音で眼が覚めた。まだ夜明け前だ。僕は一瞬嫌な予感がしてすぐにTVをつけました。NH

Kを見た。すると夜明け前の真っ暗な神戸の街が映っているんです。映っていると
言っても何も見えませんよ、真っ暗だから。ただ小さい炎が横に連なっているんです。
漁火みたいだと思いました。それは震災直後の映像だったと思います。報道の方もま
だ被害状況が確認できないものだから淡々とした感じだった。神戸の方で大きな地震
があって火の手があがっている。それだけしか判らない。
はい、マツモトです
霊ら?
最初は恐い顔をしていましたが、砂糖菓子をあげると少しニューワになりました
ああもう謎
うん
天井や床に視線を打ち棄てております
ガブ君?
ええゲイブたちの音響とその変容に支配されて
ああそれも職業病だ
かように私は狂気に対してはなはだ不寛容であり、かつ無理解な態度をことさら通し
て来ましたが

はいポーズ
いずれにせよたいしたことありません
ダメか。回転寿司が俺は好きだよ。回転するやつはみんな好きだ。回転しようか。家
で、家族で
どうして爆発するの?
いかなる
可能性の飽和状態
「なんでんねんお客はんペロペロピーって。その類いの風俗ならぎょうさん知って
まっけどなグワッッハッハ、せやけどドームいいまんのは聞いたことありまへんな
あ」
ええやんそれで
え?
うん、それでいいと思う
もう何を書いているのかわからん。『智恵子抄』や『史乃命』みたいなとんでもない
恋愛詩集を一冊書きたい。でもそれは歳とったら書けん。若気だけで突っ走らないと。
俺はもうそんな歳と違う。手遅れだ。失敗した。もうこうなったらナイス・ボディー

なわっかいねえちゃんに誘惑してもらうしかない。メロメロにしてくれないと。
え？
チャイクロ？
また旅に出るのか！
もしもし？
大きな犬の霊が私になついておりまして、かわいいものでいつも傍らでしゅんとして
おります
でもな
そんなんな
メーターに支配されている限り
幼い心
アルベルトの部屋
あれは最悪だよ、名前が
本？
「空間から突然光り輝く玉があらわれ、その中から登場するシャドー・ビーイング」
クネラ？

お墩をずっと歩いて行くと赤坂です
団地妻ってわたしのことなの？
黄色眼球どんよりと
「中まで入るって……すんませんどこのドームでっか？　この街にはお客はん、ドームなんておまへんで」
そうちゃうの？
日常ともあろうものがどうして？
僕はディズニー・プロのキャラクターのなかでは「クマのプーさん」が好きです。あれは原作がちゃんとあるんです。だから一応は物語なんです。ディズニーはひたすらキャラクターとして売ろうとしていますが、終わらない／終われないゾンビ的存在のネズミ野郎とは生れが違うんですよ。みなさんミッキー・マウスのエンディングって知ってますか？　知らないでしょう？　無いんです。でも「プーさん」は終わるんです。クリストファー・ロビンが学校に行く事になって、終わるんです。「もう君たちとは遊べないよ」ってクリストファーが言います。だって彼はもう社会に出て行かなければならないから、いつまでも部屋の中で「ぬいぐるみ」たちと一緒に空想の世界に浸っているわけにはいかないんです。「プーさん」に出て来るキャラクターたちは実は「ぬいぐるみ」です。その「ぬいぐるみ」たちがクリストファーの想像世界にある「100エーカーの森」のなかで暮らしている。そういう設定なんです。ここではクリストファー以外の人間には顔がありません。クリストファーのママも声だけの存在。絵としては足ぐらいしか描かれていません。徹底してるんです。で、原作者である物語作家は、そうした幼年時の秘めやかな歓びを強引に引き裂くことで終わらせるんですね。その状態を奪い取る。

最悪や

ええからもう黙っとけ

御心配なく

はい

「カンブリと呼んでくれ」とこの夢の主は言った（私にはそう聞こえた…

この落下に耐え続けることだ

もしもし?

アントナン?

百鬼丸って片輪なの?

私の愛犬ゴビは、自分の尻尾に噛み付こうとして、ネズミ花火のごとくくるくる回転

するという、悲しい芸当を近所のガキどもに笑われ、気が狂って死んだ、死んだ、死んだ
窓にはいっぱい目があるからねえ
人間の眼球がね
灰の手首で「おいでおいで」をしておりました
女?
何でしょう、何が湧き出ているの?
この土地には
それは誰によって書かれるのでしょう
無理ね
こうして、麗しき家族愛にはぐくまれながら、私は人として朽ち果てて行くわけです。臭い臭い。何が臭いって口臭が。もう口のなかグチャグチャです。歯茎がベロンベロンで抜けていますからね、歯が。抜けて10年以上たってます。抜けたまま。奥歯ガタガタ。全部神経抜いてあるんです。治療途中で逃げ出した歯ばっか。根性がないんです。ボロボロだ。問題はだから歯茎ね。腐りますねえ。何ででしょう。毎晩アルコールで消毒しているのに。まあクッサイ。一応酒クサイということにしてますけど、こ

れは腐臭ですよ。それと下痢ね。慢性。痔と下痢。お腹ぐちゃぐちゃ。マトモなウンコなんてしばらく見ていません。虫とか湧いてると思う。とにかく下痢。人体は入口と出口から腐っていきますね。口内と肛門ね。頭とケツ。フィルムもそうですからねえ。巻頭と巻末だ。そこから滅びるんだ文明は。

T／ツララのように
あんたらなんか行ってちょうだい
どうせおまえら最後はスペシウム光線で殺されるんだよ！

は？

マメルイで延命
「赤い小冊子（スイットピ）」という詩には「ＴＤＵ」的記憶映像の断片が混入していました。で、僕は立続けに「ユリイカ」の２００1年2月号に「どいつねんたる」という詩を書いています。結構長い散文詩です。ここではさらに「ＴＤＵ」度が露骨になっています。そして「青猫以後」に至るわけです。これはユリイカの２００1年9月号に書いたわけですが、もうひたすら「みんな死んでしまえ」とか言っている。そして「ゲロ、テリラ対策」なんて書いているわけです。今はどうか知りませんが、東京の電柱には「テロ、ゲリラ」に対する警戒を呼び掛けるチラシがよく貼られていましたよね。その記憶なんです。僕は少し頭がおかしくてカタカナがまるで駄目なんです。読めない。読み間違える。「アマータイム」に書いた「マルメラ」も本当なんですよ。僕は長い間「マラルメ」を「マルメラ」だと思っていた。今でもその方がしっくりきます。「テロ、ゲリラ」という言葉は、僕にはまず「ゲロ、テリラ」と読めるんです。そんなふうに脳に入ってくる。これはしょうがないんです。
そんなのみんなポイ棄てでいいじゃないの
鬱陶しい
ジェイコブ！
私ですか？
だめだ。やっぱり詩なんて書いていられない。今ふと思ったが、プラテーロというのはタクシーだな。ということは「TDU」というのはプラテーロたちの叛乱なんだ。よし、何となく解ってきたぞメガネ君。今朝のローカル・ニュースで、どっかの埠頭でタクシーが海に突っ込んだという事件があったが、そうか、そういうことか。とうとう動き始めたようだ。俺もこうしてはいられない。大掃除なんかしてる場合じゃないんだ。今何時だ。4時10分か。くそう時間が無い。
いかで、いかん

「あれが危機の結晶というものではないのか！」
お盆が来ると血管がゾワゾワするね
なるほど
食べる？
犬の濡れた舌に興味は無い
え？
「世界光線がオレンジ色に見える」
傷か？
いや、ちょお待ってくれ
金か？
そやからおれはそういう主義や
うん、で？
ああもう嫌
いや笑い話ではないよ。いろいろ考えてみたらそれもね、悪くない比喩だ。ギョウ虫なんて今どき簡単には宿ってくれないよ。少なくとも僕の肛門には宿らなかったもんな。神様もおんなじだね。「神」って聞くだけでなんかあっち行ってくれって感じが

するよ。身体のなかに入って来られたらしょうがないけどね。結局信仰心というのは
個人の内部に寄生しているものだからね。寄生していない者には何にもないんだ関係
が。神様はギョウ虫なり、ね。だからもう虫下しでイチコロ。医学でね、信仰なんて
イチコロだったわけだろう。君はヘミングウェイの「インディアン・キャンプ」を読
んだことがあるかい？
ちゅうかやっぱさあ
わかったれよ
クネリ！
「？」の顔をしておりましたが
樹のように
「ちょっと待っておしっこ」
ああ迂闊だった葛藤だった過酷
「ああだからクリームソーダ中毒つて言ふのだよ」
欲しいか？
数字のある自画像
青空から舞い落ちてくる紙！

一万円ほど同封させていただきました

僕は例えば未だに「〜してもらいたい」という言い方ができません。納得できないいんです。「〜してもらえたい」というのが正しいと思っていた。それが感覚的には訂正できないいんですよ。なかなかできない。そういうのいっぱいあるんです。カタカナにも極端に弱いです。いやまあ俺のことはどうでもええわ。娘の話ね。まあ親バカと思って聞いてくれよ。ふつうね、親は自分とこの赤ん坊が最初に喋った言葉って覚えているもんだが、俺は上の娘については覚えていないんだ。なんかしきりに言っているけど何を言っているのか判らないっていう期間がけっこう長かったように思う。それが突然ね、ある日を境にしていっぺんに喋れるようになってしまった。そういう感じ。だから最初に何を喋ったかなんて判らない。気付く暇がなかった。下の息子（もうめんどくさいのでこれからはイツキと記す。上の娘はカーハ）ははっきり覚えています。イツキが最初に喋った言葉は「チンポ」だ。間違いない。

はい？

フェリックス日記だって？

いいえ違うわ

紙切れの、トンボ？

「僕に光り物を下さい、貢いで下さい」

どうなるんだろうと思ってたよその頃は。あんな病人みたいな連中とブロンばっかやっててさ。誰が発明したんだブロンって。ブロンはさ、なんて言うか、全肯定するんだ世界を「もういいよ」って。「もういいよもういいよ完璧、完璧な調和だ、完璧だから動くな、動くと濁る、もういいからそこでじっとしてろ、それでいいんだ」って。モーツァルトもやってたと思うぜ。でも僕なんか今はセメダインだよ。必死になってセメダイン吸ってんだよ今日なんか。あったま痛くてしょうがないよ。いいよねブロンは。

まあそうやろね

反重力

カンブリ君っぽい青っぽい影をフレームの隅っこに感じるとうん

逢いたいねえこっそり

おお地獄で

捕虫網を「タモ」と呼んで伝わりますか？

こんな命で足りるでしょうか？

トカゲっぽい

幼い心？

世界市民の全体に失望しました

松本圭二

どだい無理でしょ

根源的に

おれは君の名を呼ぶ

レイラって誰？（霊らだよ、しっかりせえよ

私はしがない地方公務員に過ぎません。地方公務員は「地域社会全体の奉仕者」ということになっていますから、お分かりだとは思いますがタクシー運転手だけを特別扱いすることはできないのです。確かに『赤旗』は購読していますが、それには抜き差しならないしがらみのようなものがあってのことで、実はゴミ箱にポイ棄てです。たまたま乗ったタクシーのなかでどんな話をしたかなんて、それにあの時は私も泥酔しておりましたし、いちいち覚えているものではありません。ひょっとしたら私は調子に乗って、あなたがたの組合のビラに、気の利いた文言の一つでも考案しましょうなどと言ったのかも知れない。しかるにそれも酔っぱらいの戯言に過ぎませんし、まし

てや同志だのと言われても困るだけです。とにかくあなたがたは勘違いをされておられる。辞表も書けない男にマニフェストなんて書けるわけがありません！

ハラーッツ！

事態は深刻さを増しているようですが、その深刻さを実感できるような想像力が今の私には残っておりません。だいいち私における飲酒は、ひたすら無節操な欲望から来る習慣に過ぎませんので、何ら精神的な病理を伴うものではありません。狂気＝女性、狂気＝子供、狂気＝老い、狂気＝言語、狂気＝顔……それで充分です。

でも何で？

「ドームまで」

幻影はタクシーに乗って旅をする

じゃあな、天才君

え？

死ぬかと思った？

もしもし？

「あれがデメキングか！」

「幸運を祈る」

いかに私は
回転体
妻はこんなんじゃアカンと思って、ちゃんと女の子らしく育てようと思って、「リカちゃん人形」なんか買って来てね。でも最初は見向きもしません。そんなシャバイものは。ところがそのうち遊び始めた。リカちゃんで。何やってるんだろうと思って見ていたら説教してるんですよ、リカちゃんに。子分にしとるんですわ。「ちょっとそこに正座せいっ！」みたいなね。おまえ保育園でなんぞあったんかと思いましたよ。親としてはね。やっぱ心配なんです。「もうそんな子はあっち行けーっ！」って最後はリカちゃん放り投げますからね。ストレスたまってるなあって思いますよ。
イカで？
あっ、もしもし？
幽霊で思い出したけど今どうしてる？
うん
うん
そんなん読んでるの？
アカンで

何で？
目があるもん。おお、そうやいっぱいあるんや。人の目ェが。デンデンパイっちゅうんや。そやからそういうのをデンデンパイちゅうんや。
「ああ嫌だ暑苦しい！」
年寄りが車座になって私を見殺しにしますがゆえ
大変おまたせしました
電話が10分おきぐらいにひっきりなしにかかって来ていて、悪いなあと思いつつもやっぱり眠り惚けていたんですわ。起きたらっちゅうか、意識が戻ったらもう3時過ぎですよ。約束は午後2時です。ヤバイなー思うて、もうアカンやろうけど一応遅れても待ち合わせ場所には行ったということにしておこうと思うて、そんで行ってみたんですわ。ほんならまだおるやんけ。ああ恐って思いました。
赤だ
うん、肉野菜炒め一つ
もしもし、大変なことが起きてる！
ロバだよねえ。わしがロバみたいなもんやもんねえ。フアン・ラモン・ヒメネスは正しいよ。しかしだ、ブラック魔王におけるケンケン的ポジションというのもアリじゃないか。ケンケン的プラテーロ。そうか。ようやく解って来たぞ。現代詩人というのはそれだ。もうそれしかない。なんという卑屈な存在であろうか。ケンケン的プラテーロね。「クシシシッ」と嘲う老ロバね。こんなんやってられるかっていう態度で哀れな暴君に飼われている犬のロバね。哀れな暴君っていうのは「文学」のことです。そいつを背中に乗せて、村人から石を投げられて、「クシシシッ」って嘲うやつ。でもそれはサブ・キャラね。あくまでも。詩人君は詩人君でメインでいかんと。俺のイメージではそれは徹底的に近代ね。詩人は近代の産物だからねえ。だからそれは中也でええんちゃうか。中也をキャラクター・デザイン化すればいい。中也がケンケン的プラテーロの背中に乗ってる。いいねえ。詩人君は相変わらずスナフキン的ポジションを主張しているわけだ。でも世間様はそんな特権をまったく認めずにひたすら石を投げ続けているという。クシシシッと嘲うしかない現代詩か。うわっ、めっちゃ卑屈。

ええんちゃうん

そうね、聡明な彼らは遠くへ行くなどという事を夢見ていませんから

爆発

一通り

「重すぎる鳥が」

に、
お金をちょうだい
俺はそんなふうに思うようにして思い始める
アントナンの部屋で？
やめろよ
おまえは浮遊やからええわな
そやろ？
彼やっぱ怒っとった？
君の最後の勇気を絞り出して欲しい！
そうさ脳をひと飲み
でも何かね
何て言うのでしょう、ゾッキ？
「は？」
何？
エテってエテ公のこと？
猿の書か

いや俺には無理やってそんなん
元手要らずの商売があると知人から誘われたのですが、私はその知人に50万貸してい
てまだそのうちの30万しか返してもらっていないので、ちょっと不安
遊んで暮らしたい
「この人はサン＝サーンスの100倍才能があるのに」
クネリ、クネリ、クネラ…
旅に出る
「妖怪人間ベム」って、どうよ？
フランスは特にあかんわ。ドビュッシーなんてね。どうしよう。僕は最初はドビッ
シーと覚えました。だってそう書いてあったもん。ドビッシーならまだマシだったん
です。せいぜい「土瓶蒸し」程度で済みますから。それがドビュッシーですよ。どう
します。僕なんか即座に反応しますね。「ドピュッ、シー」って。言語中枢がすぐに
想像してしまうんですよ。射精と放尿ね。だからどんな小奇麗な音楽を聞いても名前
だけでもうアウト。ね、こういうのが言語の不幸。だいたい最初に習ったフランス語
なんて「ケツ臭セ」ですよ。もう習う気無くなりますよね。いきなり「ケツ臭セ」。
だからね、僕はサン＝サーンスと言われると3ザーンスと思ってしまうんです。脳に

そういう電気が走るんですね。ですから「この人」というのは300ザーンスの人です。どういう人って？　だから300ザーンスの人ですよ。何のこっちゃって？　知らんよワシだって。感覚で言うとんのじゃい。
ずっと前からね
恐くて、郵便受けが開けられなくって
皇居式原生林？
なまったるい排水溝か
裂けよ！
先日はどうも不調で
いっつもね、いっつも鈍感な君はね
眠りながらゲロ吐いたらしいんですわ。咽に詰まってウグーッって大きなうなり声を挙げて、みるみる顔が二倍ぐらいに膨れてきたって。みんなビビリまくりですよお。
黒い
黒い
黒い
どうしようかと思ったね。それで無線で会社に連絡したんだ。指示を下さいって。そしたら何て言ったと思う？　救急車を呼べって。私は怒りましたよ。当然そのまま救急病院に搬送すべきでしょう？　その許可を出すのが会社だ。でも駄目だって言うんだね。乗客が死んだ時点でタクシーの仕事は終わっていると。あとは救急の仕事だと。冗談じゃない。どのツラ下げて救急隊員に引き継げって言うんだ。私は走りましたよ。死体を乗せて。

ビバチェーッ！

僕の理解は単純です。詩を書くという行為は労働に価しないというのが一つ。無能ということです。そして、詩を書くという行為は労働を超越しているというのがもう一つ。つまり万能ということ。ですから、僕が書く詩はこの「無能」と「万能」の極端な振幅のなかにあると思います。もちろん詩を労働として引き受けるという態度だってあり得るわけですが、そんなものに僕はまったく興味ありません。態度としてはあり得ても現実には対価が約束されていない以上、それこそボランティア労働に近いからです。そういう連中には妙な使命感がある。そして何者かを代表したがる。現代詩のジャーナリズムはそうした連中と、それを必要とするメディアによって維持されています。茶番です。そんな連中にくらべるなら、詩人という肩書きでタレント活動の真似事をしている個人の方がよっぽどマシです。よっぽど労働に価する。

違う違う、え？
北海道旧土人保護法はどうする？
まあね
道路の引き方自体が間違ってるからね。そりゃタクシー・ドライバーだっておかしくなるさ。ＴＤＵはよお、だから一種の職業病なんだよ
え？
そしてアゼルバイジャン
うん
夏は渓流？　山？　一家遭難だ。もうやめてくれよ。じっとしていればいいじゃないか。映画？　馬鹿だな。映画は秋に取っておくもんだ。何？　ディズニー・オン・アイス？　あれはユダヤの陰謀だ。ネズミ様を拝むなんてまっぴらだね。
白蛇様が入ってくるので
尿道をね。僕には膣がないから残念。あったら遊ぶのに
うん
くううっ法悦の時
そこで霊感少女の震えはピタっと止まり

もしもしはい、はい
え？
ノアのピクニック？
ごめんごめん、そうやった忘れとった
ガブリエルは君だ、勇気を…
僕は結局コソボには行けなかったよ（幻想上の共闘にも負けて…
忘れよ！
私にはちっともコントロールできませんし
…
え？
肛門が破裂？
わかんねんけど何かさあ
嘘だ
「ラジオを消せ！　邪念を棄て無線に集中するのだ。君、フォースだよ！」
余計な事を書きましたごめんなさい
おまえスパイか？

なぜ三人？

青空

『チキチキマシン猛レース』にもはまってます。主題歌まで空覚えで歌えますから娘は。「チキチキマシン、チキチキマシン、猛レーエースーウウーウウウウウ」って。「ぶっつけろいっ、邪魔をしろいっ」って。もちろんブラック魔王の大ファン、あとケンケンね。悪者が好きなんです。苛めっ子が。だからイッキのために「アンパンマン」のビデオも借りて来るんだけど、娘はアンパンマンなんて大嫌いなんですね。バイキンマンしか認めないんです。あとはドキンちゃんがギリギリですかね。ドキンちゃんは時々シャバイことをしてしまうんです。シャバイって判りますか？　博多の言葉ですよ。僕も判りません、どういう時に使う言葉なのか。まあ娑婆ッ気があるということなんじゃないかと連想しています。ドキンちゃんは何たって食パンマン命ですからね。シャバイんです。で、何の話や。娘の性格が悪くなるという話ね。めっちゃ悪くなりそう。『ゲゲゲの鬼太郎』を見ていてもね、どうもネズミ男が気に入っているみたいなんですよ。なんだろうこの性格。もう手後れなんでしょうね。正義の味方なんか大嫌い。悪者大好き。苛めっ子大好き。

それで？

おまえちょっと待てよ
おそらく金も払わずに去ってしまったと思われるので
「どうしてわたしはここにいるのかしら」
霊感少女曰く…
……
…
何をどうお詫びして良いのやら
クネろ、クネっとけ！
「嫌がらせの一件」に関しましては、まったく身に覚えがありませんので
うん
でもね
僕だけが「無能」と「万能」を同時に生きようとしているのではない。「ダメ連」だって結局そういうことだろう。ジャンキーだってそうだ。そんなやつは詩人以外にも腐るほどいるのだ。では「そんなやつ」の代表は誰か。
もしもし？
石油王？

ドバイで飲んだ「ジョニ青」っちゅうのはめっちゃ旨かったなあ
「中まで入ってくれ」
「君を迎えに来た」
ううう、クファァー
クファァーッ
クファー
挨拶もしないであちら側へわたってはいけません
だって冷蔵庫が開けられないんだもの恐くて
「ペロペロピーだ、判ったな。君はそこに待機して次の指令を待て」
ええのお、それもある意味
何だって?
言ってみただけや
次の夢ではどこに向っているのか知っているんです。最初から知っているという設定になっています。彼らはみんなドームに向っているのです。でもそのドームが野球のスタジアムをそのまま指しているというのではありません。まだその頃は大阪ドームなんてありませんでした。ドームという言葉がいわば暗号のようにタクシー無線を飛

び交っている。ドームとは何か。それは未だに判りません。形のイメージとしては
やっぱりドーム球場しか思い浮かびませんね。薄い天幕に被われた、卵形をした巨大
な建造物。あるいはそれに似たUFOですかね。場所のイメージとしては、これは後
から与えられたものですが、タルコフスキーの『ストーカー』という映画の中に出て
来る「ゾーン」という場所。あれが、夢のなかで聞いた「ドーム」になんとなく近い
と思ったんです。まあでも良く判りません。何ですかね。皇居かも知れない。
はあ？
いらんお世話や
明日も仕事だ。仕事仕事仕事。家事家事家事。TV、AV、酒酒酒。これが中産階級
の暮らしというものだ。詩さえなければどうってことないよ。
「作戦は予定通り進められている。君の待機場所はペロペロピーだ、はいそこ右」
涎を垂らして
サクラダ？
はい、確かにそう名乗りました
うん
そんなん浮遊ちゃうやん

先日はたいへん失礼いたしました
あのなあ
そればっかやんけ
うん
やっぱ行くわ
集会へ。後からごちゃごちゃ言われるのも鬱陶しいので
「それはいつも史実を裏切りつづけるのです」
「づつける」の方がええと思う
…
タクシーは都市の街路樹を憎みますか?
言ってやればいいんだ
「救心」とかそんなんべつにいらんし、ほんとに
舌が擦れる
うん
二千十万年夏休み。世界軍に最後の抵抗を試みているのはタクシー・ドライバーズ・ユニオンだけだった。TDUはその路上通信網を駆使して神話再生のプログラムを違

法投棄し続けていたのだ。いわゆるポイ棄てである。
結局ね
もういいよ
ちょっと待って
「了解！」
はあ？
適当に行くって
いちいち約束したくはない
ちょっとゴメン、ラーメン食べんねん
チャイクロといっしょに
「海に拾われ」？
赤坂のどこかのホテルの庭に迷い込んでしまいました
1989年の漂流
ギロチン工場だよ
ポア？
ハエが止まっている

うん、そう思う
エテ?
どうしても
その言葉をね
他に食べられるものが無いんです
何?
叫びますが未だに子供達は叫ぶのですが夜に、明け方に、そして夫やそれら男たちも
叫んでいるのだそうです眠り惚けて紙の上で心臓麻痺で痙攣で、痙攣痙攣麻痺麻痺麻
痺、ああ鬱陶しいな書類は全部、それってわたしには仕事ですから書類の処理はね、
だってさあそういうことを毎日やっているのですよ区役所の窓口で地獄。
バローンチョ!
返して欲しい、わたしの、失血分をそのまま、わたしの血をですよ、詩人の血なんて
いりませんからもう、ねえ、電話がなってる電話が電話電話電話!
おう浮遊、おまえちょっとオギノメちゃんのとこでも行って来いや
ええからもう電話してくんな鬱陶しい!
だって君は小学校の時からそうなんだから

そうでしょ?
もしもし?
「首謀者? 知りませんよ。勝手に組合からビラが送られて来るだけなんです。それにだいたいこの仕事は道端で勝手に手を挙げている世界市民を乗せて運ぶだけなので」
あ、お湯が沸いた
猿「ラジャー!」
いつまでクックックックやっとんねん
わたしの青い鳥?
ああそして君や、君たちや、君たちの時代は
あ?
「ほんじゃあねえー」(さんざん嫌味を言い合った後にそう言って電話を切りやがった(カンブリがね(クネラがね(ゲイブがね…
いや、ちゃうかも
だからね、精神。いや違う、追伸
黴がほらもうこんなになってしまって

うんもういいって
Ｔ／テクテク婆さんの怨念が君の歩幅を狭め続けるであろう
娘は誰も遊んでくれぬと嘆きつつ一人遊びに耽っております
そう思うだけで日本沈没です
夢にカデンツァが付くというのはどんな気分だい？
世界市民？
そう宣言させてもらう
うん
おれはそれでいいよ
見えるよ！
あれがシュタイン博士だ！　アイ～ン！
僕ハモウスグ世界軍ニ徴兵サレルノニ
べつに認めてやったっていいんだぞ、何だって
霊感少女？
ええよ、それも。どっからも依頼が来なくなって、それでも詩を書き続けるかどうか。
本当の勝負はそこからだ。一家そろって地獄行きだ！

フランスは絶対に嫌

U／梅津

茶番もいい加減にしろ。君が投げ出した戦線を引き継いでいる者の身にもなれ。冷静になって話し合おうじゃないかゲイル。おれたちは血眼になって君を捜しまわっていたのだよ。それも君が発明した無線暗号網を駆使してだ。忘れたなどとは言わせないぞ。扇動だけしておいてポイか。おれたちは『赤旗』と同じか。悲しいではないか。多くの同志諸君は言葉を必要としていない。今となってはだ。しかるに彼らに本当に必要なのは魂を救う言葉ではないのか。そのことを一番判っているのは君じゃないか。おれたちは指導者を必要としている。指導者とは言葉を持っている者のことだ。いいかいガブリエル、人民戦線とは地を這うネズミの勇気だ。君はおれたちのトラヴィスなのだよ！　想像したまえ。同志諸君がどういう気持ちでこの腐った都市を走り回っているか。道端で手を挙げる幽霊どもを無視するのは簡単だ。そのままアクセルを踏めばよい。しかしおれたちはそうはしない。どんなに血まみれの幽霊だって乗せてやるんだ。それが労働というものだよ。そしておれたちはその労働の全てを君に捧げよう、ゲイブ君！

今夜は眠らずに待っているよ

「無線を使え、無線で聞いてみろ」
君のお金だけはどうしても信用できない
やっぱええよなエリートは
もしもし？
すぐに蛇が入って来ますゆえ
だから俺に膣はないって言っただろ！
「らあら、らあら、と赤ん坊の泣き声もしていましたが」
ＴＤＵ／トラさん団子は売りません
そう、それが抵抗
もちろん下には下がいる。手取り20万で嘆いているべきではない。妻の収入と合わせれば月収約50万。さらにボーナスは二人分。なあんだやっぱり金持ちだ。貧乏人のみなさん、ワシら一家は金持ちでした、すんません。でも一生共働きは免れないからなあ、妻が病気にでもなったら終りだ。やっぱり酒飲んでる場合じゃないよ。貯金ないもんねえ。でもワシらん家にはピアノあるよ。僕がむかし弾いとったやつ。それが田舎から突然送られてきた。びっくりしたよ。だって置く場所が無いもんね。なんとかして置いたけどいっぺんにリビングが窮屈になっちゃった。ピアノ様って感じだよ。

それで娘にピアノを習わせているんだ。3歳から習ってます。それってちょっとブルジョワっちゃうん？　エエトコの子やでうちの娘は。お嬢様や。
ミミクロへ
…
よりミミクロってこと？
そう、鍋物、君の恋人たちが鼻の穴からエノキを垂らす
あかんわそれ
記憶ね
「君たちの首謀者は誰なのかね？」
もうね、それを言いはじめると嫌な話にしかならないから
ジャブ、ジャブ、クリンチ
あ？
そうよ
ブラウンさんは今日の洗濯に失敗した
何をさせられているの？
TDU／とうとう土曜日さえ憂鬱だ

「君か？　首謀者は？」
いったい誰を殺す気なの？
きっとおまえらの革命はウタを歓ぶでしょうから、所詮ね
そんなことは問われるまでもないが！
と叫んでいたそうです。女どもに。全然覚えていませんよお。意識がありませんしね。
気がついたらイッキが一人で泣いている。わしらだけ残して妻娘、女ども、さっさと
出勤&登園しとるんですわ。あわてましたよおチンポ組は。それからイッキを保育園
に連れて行って、ほんで出勤です。遅刻しました。娘は「遅刻する」というのを「遅
刻されちゃう」と言うんです。そういう言い方しかしない。たぶん「遅刻させられ
ちゃう」ということだと思います。つまり俺のせいでね。自分が「遅刻する」という
感覚は彼女にはないんです。「遅刻」というものは常にさせられるものだと感じてい
るわけです。
娘「うわーっやったやった、ほら！　ハナヂが出てる！」
そしてトコロテン式のちゅるちゅる
押し出されて分身するミミズ
の像

脳
ああ、厭なやつだ
ＴＤＵ／テクノロジーの更新は二重アゴの男どもによって夢見られた頽廃の達成に過ぎない
ピンクの「腫れ物」には触るべからずだ
一行のね
記憶とは残酷なものですね
でも私は日付けのある文章なんて書かない金輪際
どういうことでしょうか？
うん
異教徒
は？
ブラウザ？
「こんなことでいちいちお見舞いに来ないで下さい」
あれがあれか、デメキンっちゅうやつか！
アレキサンダーは死ぬ。その命名の重みによって。ジェームズ・バイロン・ディーンがそうであったように。地獄には振り分けがあって、一つは針に、一つは火に堕ちる。
水物？
いや無いよ、無い無い。幽霊乗せたなんてね。後部シートが濡れていたなんてありゃ
しないんだよホントに。
信じるか？
ほらノミミズだ
頭脳の気圧を律するのは
うん
何だ？
いっつも前線
この新潟育ちの雪女は何か考えている
はい、妻のことです
危ない！
子供らに「夏らしいこと」をしてあげたくてたまらない様子でしたので
歌ナンカ歌ッテラレルカ
父はすでに巨大残骸でしたし

あるいはもう少し考えると、こういうことかも知れない。遅刻というのはですね、最初から自分の意志ではどうにもならん事態なのだと。時間は勝手に進みますから、その「勝手に進む時間」によって常に「されちゃう」ものなんだと。こうなるともう保護者のズボラによって「遅刻させられちゃう」という理解を超えていますね。「遅刻」は時間によって「されちゃう」ものだということです。「遅刻する」という言い方は「自分が時間をコントロールしている」という意識のもとにあるわけじゃないですか。でも本当はコントロールなんてできませんよね。だから娘の文法の方が実は正しいのではないですか。僕はそんな気がしてきました。「いやあスンマセン、今朝は遅刻されちゃいまして」なんてね。いいなあ。今度職場で言ってみよかな。だいたい遅刻するときは意識がありませんから、まともな判断力がないわけですから、僕のせいじゃないいんです。実感としてはまったくそうだ。勝手に時間が進んどるんですわ。だから「遅刻されちゃう」で正解だ。娘が「早く早く！　遅刻されちゃう！」と言う時の感覚はね、「時間に追い越されてしまう」という感じだろう。女ってみんなそうなん？

うん、はい

でもさあ

何？
考え過ぎだと思うよ
かつて君の生涯は本の中にあった
そう、これも大問題ね
日本脳炎な夏
上手く言えませんが、要はこの十年、二十年をどのように生きてきたのか、という問われ方をしなければいけません。そういう問い方を、しかし社会はできません。というのも社会を構成するパーソナリティーの多くは、そのほとんど全ては、全人類というものは、忘却の恵みに救われながらボーっと生きているに過ぎないからです。ボーっと生きていた人たちに、あなたを問うことなどできますか？　役人などはその地域社会全体の奉仕者ですので、まちがってもあなたのパーソナリティーを尊重することはありません。あなたは彼ら同様、ここでは一匹の奴隷なのです。しかしあなたはそうであってはいけないので、別の場所、そのジャングルのなかで、このディーケイを、ケロイドを、その頽廃をどのように生きてきたかという問いに答える準備をしなくてはいけないでしょう。今のところもっとも年少のあなたが最初に救われるということなどあり得ませんし、それはそうなのだから、むしろあなたこそが闘うべきなのです。そしてその闘いは許可されてするものではなく、当然の権利でもってあなた自身が行使すべき賭けなのではないでしょうか。トリスタン・ツァラというのはろくな詩人ではありませんが、嫉妬せずにはいられない、溜め息がでるようなタイトルの書物を持っております。『愛、賭け、遊び』がそれです。どうしようもない人類の欲望がその三つに集約されているわけです。だから僕はその三つにだけ忠実でありたいと思うし、そうである限り僕の欲望はルサンチマンを克服できます。あなたの欲望を抑圧する全ての制度に対してあなたが、「みんな死んでしまえ」というのは当たり前のことですし、当たり前のことですからそれでいいのですが、死ぬべきは彼らなのであって、あなたではありません。

アホだ

どうしようもない魂には何を言っても無駄

…

むしろ言葉を与えないことだ

…

大嫌いだ

もうこうなったら一緒に自縛してみるか？

いいえ
いいえ
いいえ
黒
どうかしておりました
そりゃええのお
死にそう
ふうん
命（イ、ノ、チ）とかを分岐させることはできますかおまえら、おい、エテ公よ
自立。自立ね。まあそういうわけですから実質ヒモですよ。妻に奉公せないかん身の上だ、本当は。いやそれなりにやっていますよ。今朝もガキどもを保育園に連れていったからね。だいたい朝なんか意識が無いんだ。まだ酒も残ってるしね。でも妻は断固として言う。これはあなたの仕事だと。その通りなんです。で、彼女は出勤してしまうわけ。するとカーハが今度は妻の代わりをするのね。四歳になるとだいぶ違うよ。「もう遅刻されちゃう」とか言う。「ケージさんいい加減に起きてよ」って言う。もうパパじゃないわけだよ。「ケージさん起きてよ！」って怒り出す。それでも頭が

ボーッとしていて駄目なんだ。するともう最後はこうだよ。「早く保育園に連れて行け！」って。別に行きたいわけじゃないんだカーハも。でも行かないかん、それが社会のルールだって自覚しているわけ。妻が連れて行く時なんか泣いているんだよ。保育園なんか行きたくないって。それがどうだ。早く連れて行け、この馬鹿親だよ。ちゃんと親の役目を果たせって言っているわけだ四歳児が。
静かな家を与えてくださってありがとうございました

あ、ああっ

「逆走しろ！」

女の子はみんな変

長く垂れ下がった黒の8ミリ

…

ジャクソン兄弟？

もっとも理解に苦しむのはレスピーギで…

「今はおまえ、オギノメちゃんの時代やでぇ」

将来何になりたいかって教師から聞かれて、「タクシーの運転手」と答えたら、まじめに考えろといわれたんだ。ぼくは本当は映写技師になりたかった。でもそんなこと言えないだろ、いくらなんでも。ましてや詩人なんてね。ああもうね、ああ詩人。それはなんて言うか、ただの憧れだろうね、漠然とした。そんなん仕事じゃないしね。ようするにスナフキンみたいになりたかったわけだよ。わかるだろ？　だから現実的に考えると、タクシー・ドライバーかパチンコ店の住み込みか二つに一つだと思った。

え？

「クメール・ルージュに、軍事的優位に立っているという間違った破局的な感情があったことは間違いない」

え？　何で？

理由がないのに介入してくる

まんべんなくね

そうした無数の声は今では君の属性だよ

破局的な感情だよ

無駄だよ

誰やおまえら

失礼いたしました

吹き抜ける空（カラ）の部屋で暮らすようになりましたので

はいはい
金？
おおそうや還元
やっぱいいよな、七夕は
七夕、という名前の神が一番マシ、たぶん
うん飲み過ぎ
ジェイコブ、おれは薄っぺらな穴に突っ込まれてくるくる回っていたいよ映像付きの
付録で…
俺は
たぶん松本だ
ハイル、ファラス、ファラサ、
ムフル、ムフラ、馬の（名の）分裂
でも「星草」がない
今夜はチクワ三本で我慢してくれ
ナビが言うから？
べつにね

わたしはちっとも困りはしないんだから
うん、うん
：
精神的抑圧による自死がたとえば飛行機事故より遙かに無意味に思われるのは、簡単に言ってしまえば退屈な近代を彼自身の内面劇として反復しているに過ぎないからだ。
狂気に退屈、楽園幻想に退屈。
おまえが言うなよ
うん
胃も心も
アホがうつる
あれが危機の結晶です
「カンプチア・クロムへの秘めたるノスタルジー」
で、崩壊
失礼しました
うう
わかれへん

そろそろ鯖の精神が危ない
まあね
日持ちせんから
消えちまえ女なんか
そうや
「は?」
たとえば想像界の掟
「は?」
「こちらは万事快調です!」
もうそんなん全部コーランとかハディースに書いてあったよ
ビラ?
少しも美しいと思わなかったそんなもの
爆発ね
ビラでしょ?
最近は人前で平気でオナラもできるようになりました。オナラはいいですね。解放戦線ですからね。ブバッといかんとヘンなもんが溜りますよ。ほんでオナラのつもりでウンコ漏らしてます。職場でね。慢性の下痢ですからね。肛門の感覚が麻痺してるんです。で、こっそり家に帰ってパンツを着替えていた。職場から歩いて10分ですから。でも最近はそれも面倒になってビニール袋をポケットに入れています。ウンコ漏らしたらパンツを洗ってビニール袋に入れておく。ふりチンのままズボンをはいて終了。それでOK。私はほとんど人と接触しませんから職場では。暗室に閉じ籠ってフィルム診ているだけですから。とにかくウンコ漏らしても働かないと。だってそれって立派な病気やん。誰に何を遠慮する必要があるの？「お腹が痛いので休みます」なんてせいぜい小学校低学年までやん。俺はオシッコもね、垂れ流しとったんですよ部屋の中で。便所行くのが面倒でね。こんなんじゃ人間としてアカンと言われて結婚したわけなんです。アカンと言った女と結婚しました。ちゅうかその女とやりまくっとったわけですわ。もうすぐ世界が終わるっちゅう設定にして。そのションベン臭い部屋の中で。世界は終わるわけですから、避妊の必要はありませんでした。そんでガキができてしもうて結婚したっちゅう次第です。ですから今はちゃんと便所でオシッコしてますよお。時々ベランダでしますけど、部屋ではしません。その代わりっちゅうわけでもないけどウンコ垂れてます。パンツにね。微妙にね。

ああびっくりした！

誰？
ガブリエル？
はっきり言って興味ないねん
全身？
死者にも官能とやらを与えようではないか
ちゅうか無理や
そののちの涼風を引き連れて、ああ
われに五月を？　じゃあ俺は七月をもらうよ。俺が欲しい日付けは七夕だけだ
「売る田圃なんか持っちゃいないんだ僕ン家は！」
「ではＴＤＵこそが最後の神話の担い手であると？」
茶番のね
そしてワグナーは単純に嫌いだ
食べ物をくれ
供養せえよ供養を！
やっぱ金か？
いやうん

そう、いかにも
良い霊はみんな素通り
みなさんどう思われますか？
黒
いいえ
黒
いいえ
ミミクロ
そう言うけどな
え？
はい最低でございます
単に青魚
少女は「そんなはずは無い」という顔でおれを見つめた
もうクラゲたちの記憶に帰るしかありません
「そうなるのでしょうね。仕方ありません。世界市民が奴隷を必要としている限り、
神話再生はほぼクロマニヨン的段階の欲望と言えるでしょう」

うん
うんこだ
狂気をおまえらの属性として認めるにせよ
うん？
まあいいよ
そうやって何もかもバカにしていればいいんだ
カンブリ・アキが夢以外の場所に出て来そうで恐いのです
結局そういうことなんだろうな
分裂ね
おまえめっちゃ判り易い
ガキの迎えの時間が迫っている。今日もまた眠り惚けてしまった。雨が降っている。朝はガキどもを保育園に連れていった。その記憶が曖昧だ。意識がないまま車を運転していたのだ。そのうち事故るだろう。一人で家に戻って、あんまりどこもかしこも散らかっているので、どうしようもない気持ちになって眠った。現実を無視するためだ。妻は衣替えの整理を放棄してしまったのか。衣類がリビングに散乱したままだ。俺は煙草の部屋に逃げるが、ここも本が散乱している。本棚に収まり切らない本が床を埋めつくしている状態である。やる気のない古本屋のようだ。俺は半畳ほどのスペースを確保してなんとかやっている。家がぐちゃぐちゃだと気がふせぐ。俺はいい事を考え付いた。本を職場に持って行く事にしよう。毎日十冊ずつ。そうすれば少しは片付く。なんたって職場は図書館だ。本を持って行くことに遠慮はない。ダンボールに入れて倉庫に放り込んでおけばいい。それぐらいのスペースはあるだろう。いや、なんなら寄贈してもいいが、詩集なんて迷惑なだけか。

私は！

という主格で示される人物像は、ほとんど存在しない

何があかんねん

ダップルビーンッ！

おおちょっと明るい話になってきたよ。やっぱ前向きにいかんと人間は。カーハは今『ゲゲゲの鬼太郎』にはまってます。「よりにもよって何もそんなビデオを借りて来なくても」と妻は言いますが俺も見たいからね。むかしのゲゲゲシリーズ。水木しげる大好き。音楽もいいねえ、昔のシリーズは。デロリデロリ、デロリデロリ、デロリデロオリデロリ、ンッパーッパッ、ンッパーッパッてね。最高。カーハ歓んでます。あと「心霊写真」ね。これも大好き。ＴＶでやってると必ず見てますね。で、秋の運動

会とかりんご狩りの写真ができあがって来るとまっ先に「お化け」さがしますね。「ケージさんここ何か変じゃない？　ほらここ」って持って来ます。「どれどれ、ああっ！　これはお化けや！　心霊写真や！」「キャーッ！」ってな調子で、団欒してますよおちゃんと。妻は呆れていますけどね。あとは警察や救急病院の実録物ね。「警視庁25時」みたいなやつ。カーハはそれを「事件」と呼んでいます。「事件はやってないの？」っていっつも言います。いっつもTV見ていると言う。僕も見ますねあれは。血まみれの人間が見れますからねえ。カーハはTVに釘付けです。あとヘビ。ヘビ好きですよおカーハは。「スネーク・ハンター」なんてね、番組終わったら泣いていましたから。もっと見たいと言って。俺も好きでねえ、むかしヘビ飼ってたしねえ、コーランケー・ヘビセンターなんて何回行ったことか。だいたい趣味が合うねえ彼女とは。妻はトラウマになるからやめてくれって言うけどね、トラウマもクソもあるもんかい。だいたいねえ、俺の脳にはトラウマなんて言葉はないんだよ。それを言うなら「トラマウ」でしょう。ふつうの言語感覚なら「トラマウ」の方が正解じゃないですか。いったい何ですか「虎馬」って。

ぼくは晩年のバルトークを愛するがゆえに

魔の山ですので、ほら

相変わらず詩を書く気がしない
おれはおれで
なぜ「ひらがな」に開いたのだろう、わからない
シャンピアという名前の安ホテルで俺は昼間から夜中まで酒を飲み続けていた。酒の肴はエロビデオだ。人妻と巨乳が今年のテーマだった。それが俺の東京国際映画祭だ。
はい?
おまえがＴＶチャンピオンか!
ちゃうかも?
言ってやればいいんだよ!
「その電池怪物の名前はズオーだ。今思い付いた」
どうしようもない
わし、え?
電話で起こして
ああもうあかんピーピー言うとる
「ずなる」
衣類もガンガン捨てるぞ。玩具も捨てる。もうこの家では収納できないよ。何でこん

なに物があるんだ。ひょっとして金持ちなのかワシらは。とにかく本は財産だ。俺の財産はそれだけだ。捨てるわけにはいくまい。横浜潜伏時代に金に困って全部売った事があるが…

もしもーし！

いかに私は

バルバロイ、一匹

魔の家？

友達はみんなお化けだったわ

うん、集団登校だったから

それと、ビールね

大航海の歓びを知らぬままインド洋に雪崩れ落ちようとしている、君らは！

二番目の夢でラジオが出て来ます。運転手がラジオで野球の南海ホークス戦を聞いているんです。僕はどういうわけかイライラしていて、それに気付いた運転手が気を利かせてラジオのチューニングをいじるんです。すると何か切迫したニュースをやっている。運転手があちこちラジオ局を探すけれど同じなんです。南海戦以外は全部がやたら大騒ぎしたニュースをやっている。今、日本でとんでもない事件が起きていると

いうことです。でもよく内容が判らない。判らないけれども、とにかく日本中が大変
なことになっているようです。
もしもし松本です
こんな朝っぱらから電話してくんなよ
…
嘘じゃありません。マリという名前の霊国から来ました
「明日からガキを連れて里帰りしますゆえ、取急ぎFAXさせていただきました」
いただけ！
金や金！
足りなければこれで（数字のある自画像…
おい狐憑き
頼むから簞笥から出て来い
サクラダ？
いっつもいっつもいっつも悪いのはいっつも！
TDU／帝国電波ユニヴァース
軍？

「鳥?」

でんがな?

「無線に注意すること」

また性格が悪くなりましたね
まあそう言う僕も自立なんかちっともできていません。仕事はしていますがね、一応地方公務員ですが手取り20万ちょっとなんです。36歳でですよ。こんなんで妻と子供二人養っていけますか。いけるわけないでしょう。だから妻がフルタイムで働いているんです。彼女も同じ地方公務員ですが勤続15年ですから稼ぎが違います。僕なんて去年の8月にやっと正式に採用されたんです。まだ1年生。どうしますか。新規採用職員の研修なんかにも行ってますよ。周りはほとんど10歳以上も年下だ。中には18歳なんて子もいる。フレッシュだ。今どきの若い連中だ。そういうのとこれからやっていくわけです。名刺の渡し方とか電話の取り方を習うんです。自己アピールの時間とかね。あああ。でも悲観なんかしないんです。同期会というのが毎月必ずあって、僕なんかも一応誘われるんですよ。礼儀としてね、声だけでもかけておこうかという。まさか来ないだろうと。でも行っちゃってます。何をこのオッサン真に受けてノコノコ参加しとるんじゃって顔されますけどね。遠慮しませんよお私は。だって若い女性と酒が飲めるんですよ。そりゃ行くでしょう。楽しくて仕方ないですよ。ようするにそういうレベルなんです。せいぜい社会人一年生。ほんとは無断欠勤なんて恐れ多くてできるはずがない。でもやっちゃうんだな。昔の癖で。一年生以下ですよ。それでヘッチャラで出勤するわけです。「いやあスンマセン三日程無断欠勤しました！　夕方まで寝てました！　それからパチンコやってました！」って最初にカマしてやるわけです。みんな唖然としてますよ。
とにかく肉を切りたいねえ
犯行声明ね
はよそれを言え！
スナフキンなら今日も靖国で鳩食べていたよ、白い鳩
それが闇夜というものだ
唾吐くな！
われ思うようにして思い始めるから
あああああ
凪ぐ、凪ぐ、精神がどんよりと
「ここから先は同志間の通信を禁じる。以上」

「カブトンチュウ！」
ああ民族的
いやそんな血はもう僕には流れていないよ私には
それはもう最悪なのです
「入れ、よし」
口が空く
それで眠れるの？
愛するねえバイキンマン。アンパン・ファミリーなんか死んでしまえっていっつもやってる。いっつもいっつもいっつものけ者。娘もそれを愛してるね。本能的に。私はのけ者、私はお化け、私は妖怪、私は事件、私はヘビ、私は悪者、私はバイキン……。
まあいいさ
ほんならあれや、ああもう
バルバロイ？
さて本、
コーランの豪華豆本をドバイ土産に買ったはずなのにどこを探しても出て来ないんで

すよ。もうホントに不思議。それだけが無い。あれは飛行機乗る前に抜かれたんちゃうかって。ラマダンやっちゅうのに空港で酒は飲むは煙草は吸うわしている連中なんかにね、イスラムの魂を渡せるかってことやったんじゃないのか。考え過ぎか。

信じるべきでないか

狙われているぞ

サバ、サーバー、サバサバサーバー

レイラは腹の上で「でんぐり返り」をしているのでしょう

あいつらが言ったことはもっと凄かったね。「同志よ死体を投げ捨てろ」だぜおい。おまえは丹生谷貴志か。光の国か。いや本当なんだ。あいつらがオカシイのは前から知っていたけどありゃ異常だねえ。「同志よ、死体を投げ捨てろ。おまえが一人で苦しむことはない。後はわれわれで処理する」だって。何だろうね。何様かねあれは。恐かったよお、ホント。そら死体だろ？　TDUだろ？　私には理解できないよ。処理？　何だ処理って？　人間はどんどんおかしくなっていくねえ。街を見ていればだいたい判る。私たちは街を見ているからねえ。毎日ね、昼も夜も。

アブドラッ、ザッ！

の部屋で

無限TVの代償とは何か?
妻はもう寝たし
「家に帰っても何もないぞ!」
僕はプルトニウム大歓迎ですね。もう最後は人類みんな被爆して「猿の惑星」みたいになってしまえばいいんだ。それが正義だろ。
まあね
夢で縄跳び
「いやそんなん恥ずかしくて聞けますかいな。わしかて十年この街で運ちゃんやってんのや。たのんますわ、教えてください。ドームって何でっか? どこぞの店の名前でっか? ミナミでっか?」
おい浮遊、アイドルんとことか行ったか?
アホはアホなりに
じゃあ世界軍に抵抗して何を勝ち取ろうとしているのか。とりあえず僕はそれを「タクシー無線」の自由と考えたんです。言論の自由と言い換えてもいい。ようするに世界軍は「タクシー無線」にまで介入しようとしているわけ。結局、タクシー無線だけがどのようにもコントロールできない最後の厄介な情報網になっているわけですよ。

それゆえ「TDU」は抵抗を持続できているわけ。言うなればタクシー無線の自由は「TDU」の存亡にかかっている。だから彼らは一斉蜂起するわけ。

ケッ！

もしもし？

エレファン？

テレフォンちゃうの？

「君の勇気は落下に耐え続けることだ」

いや、俺はそんな勇気は認めない。俺ン家はたしかに飯場暮らしだったが、俺ら兄弟は三人とも遠くにあるカトリック系の金持ち幼稚園に通わせてもらった。軽トラでの送り迎え付きだ。それに俺ン家は『チャイクロ』を定期購読していた。『リーダーズ・ダイジェスト』もだ。俺は『リーダーズ・ダイジェスト』を貪るように読む小学生になった。小学生の俺は、世界について多くを知っていた。少なくとも今よりは。

終りか

冗談じゃないよ

「君たちのような人種は許し難いが！」

でもね

ジー、ガチャンもできませんので
じゃあ直進しよう
僕は赤坂のタクシーは嫌いではないのですよ、私は（すでに取り憑かれて…
ひた隠しに隠してきた欲望や
絶望？
何言うとんのか聞こえへん何？
「誰から？」
家はみんな魔でしょ
風土病？
まったく申しわけない
俺はええよ地獄で
ね？
「今日も都市は死亡者らの徘徊に明け暮れている」
流れよ
瓦礫せよ
鯖

「はいそこ右」

一行が泣きわめいて

ゲイブ…

天使のようだったおまえの記憶が家族写真によって再現されるとは思わない。俺はシャッターをきる度にその「バシャッ」という音がおまえの首をはねているような気がしてしょうがなかったよ。シャッターというのは機構的には切断を意味しているのだからね。そのメカニカルな音響は同時に、ファインダーを覗く私には愉快でさえあったのだ。私は何度おまえを殺したことか。しかしおまえの時間は写真の残酷を越えてここにあるのだよ。それは私の時間ではない。だからどうか私を無視するように。これから君の世界には様々な事件が起きるだろう。否応無くだ。キナ臭い国家に生まれてしまったのだから観念するしかないよ。しかしそれを嘆き続けるだけではどうしようもない。なぜなら、今後起きるであろうありとあらゆる事件に君は主体的に関与することになるからだ。運命的に。そしてその事件の総べてに於いて、もはや天使ではない君は考えなくてはならない。猿の脳と人間の脳とで。首謀者はいったい誰なのかと。その問いは自ずと一つの理解へと到達するであろう。

ワシがアカンのか?

結局？
「族議員のように」
だがもはやそういうことは言えない
「はい左」
夜のアジトでどうぞ性的に壊れてください
ラマン、一匹！
「きみはそうやって詩の偉大さを理解するのだ」
霊感少女の言葉である
クビチョンパ！
すみません
胃も心も
「そんなん絶対騙されてますよっ！」
菌とか
鯖のようです
腐るほど！
「クワガタンチュウ！」

それって光り物？

「無線を聞け！」

まあね

僕は今年書いた（アマータイム以後の）一連の作品を読み返したんです。忘れていましたが『ミッドナイト・プレス』という雑誌にも書いていました。「ハイウェイを爆進する詩」というのがそれです。それなんかもう完全に「ＴＤＵ」なんです。だって助手席の男にピストルを突き付けられて「事件の現場」までアクセルを踏み続けるという詩ですから。だからやっぱり「ＴＤＵ」という連続夢の記憶映像はずっと残っていたのですよ。それが去年の暮れあたりから出て来ていた。

光る東芝？

それは君、詩人とかいうやつだよ

いや単なる赤だ、アメリカザリガニの赤だ

スイトって本当にいるの？

水物ね

「名前は？」

「トラヴィス。タクシー・ドライバーはみんなそういう名前です」

君は届けるのではない
届くべきだ
でもね
「ほら、異様に疲れた人がそこに立っている」
青土社から原稿料振り込みの通達が来た。13000円である。一瞬目を疑う。50枚以上は書いたはず。ということは一枚300円にも満たない。「アマータイム」を書いた時は60000円ぐらいくれたのに。一枚1000円だったのに。あれから3年たって、私の詩の価値は3分の1以下になってしまったということか。恐ろしい。「長くても6ページ以内で」という依頼を無視して勝手にあんな長大なものを書き送った私も悪い。だがそれを言うなら「アマータイム」の時だってそうだったじゃないか。まあいい。やっぱ俺が悪い。ボツにされなかっただけでも感謝しよう。原稿料をあてにしなくちゃ食っていけないような身の上ではないんだ。臨時のお小遣いとしては滅茶苦茶あてにしていたのだが。13000円。13000円ねえ。額面は14444円。で、1444円が引かれて13000円。ひょっとしたら50枚なんて分量じゃないかも知れないなあ。もっと書いた気がする。ちょっと調べてみよ。
ダイダラボッチが九州を食べています

今はね
みんな灰色
美空ひばりの歌のように?
そうか七夕祭りか
胃も心も縦断
前夜祭?
嘘ね
そういう夢を立続けに見て、妙な胸騒ぎがしているところに、阪神淡路大震災が起きました。本当なんです
死後死後マーラー
いや幽霊の話じゃないんだ。一度だけ死人を乗せたことがあるんだよ。って言うか、乗せたら死んじゃった。たぶん心臓発作か何かだと思うんだが、ありゃビックリしたね。苦しいもんだからしがみついてくるわけ。後ろからね、運転席にこう、なんて言うか、ガツっとすがりついてくる感じ? 全身でね、座席ごと私を抱きかかえる感じ。そりゃ恐かったよ。こっちは深夜の首都高をぶっ飛ばしてるし、お客さん、お客さん! って呼んでもウーウーうなっているだけだし。後ろを振り向いても見えないんだ。

死角でね。
え？
霊が通り抜ける？
ガマ法師は？
何が？
この煙草をあと1センチ吸ってやろう
おまえらがブツブツ言うからちっとも眠れへん
梅酒で酔えるか？
こんな調子では『ドクター・モローの島』も観れませんので
アメリカが詩人になるって？
サイアクな式ダ
やっと見つかったのか！
言わんこっちゃない。水まわりに金をかけないからそういうことになるのだ。これだから見栄張りの貧乏人は駄目だ。悪臭の原因は君らの「育ち」にある。誤魔化そうとしたって判るものは判るのだよ！
虫を飼ってるわけね

この離散家族の生涯を大いに記憶に留めようではないか
「おい、タモ買って来いタモ！」
記憶とはかくも残酷なものです
顔だよね
もう覚えていない、何にも
あとビール
あいつの弱点は眼だ、間違い無い
特別なギフト？
今のところ私はそれがコントロールできますので
そんなもの本を読め本を。モーツァルトを聴け、その回虫音のチュルチュルを。取り
残されたような気がするって？ 世間様にか。冗談じゃないよ。家でじっとしている
のが正解なんだ夏は。日本の夏は。どこかにぎやかな場所に行こうなんて思うなよ。
死ぬよ。
ああそやろね
チュルリ？
樹くんは歩キメデスカ？

もうなんちゅうか、何でも書いたろって
それはおまえがやれよ
「肌色」という色はピンクとイエローで造られたはずだ
グッピーのことか？
泣くなよ
ええ、あれから病院には行ったのです
迷惑かけると思うでぇ
え？　恐い体験？
そんなん犬のお化けが食べてくれるって
「ドーム？」
先生！　女の子はみんなお尻に羽根がありました！
私は？
うん、ポラロイドに入っていった
雨とともに
光り物を食べて
離散

夫は一人ではありませんのでこれからも後悔するでしょうが身体は一つですしね、そうですかね、なにやらカマキリの子のように卵から湧き出てくるようですし、いつか青函連絡船のデッキ上にああしまったとボロボロ零してしまった五色のコンペイトウの粒のようですその粒々、何でしょうか記憶はでたらめでそんなことは覚えているわけ。

子供達に夏の思い出だって？

俺は望まないことは望まないよ

わしは好きで夕方まで寝とるんちがうんじゃい！

うん

ダヴリン、ダヴ、ダヴ、ヴ、ヴ

うん

ブランカン、一ケ

舟にね

積んでそれで

みんなで

ああ…

まあね。まあ命中はしないわな。魂にはな。魂はあるね。まだあるね。寒々と。夏だというのに、そんなにごちゃごちゃ着込んでいると君、透明人間になってしまうよ。家を持たない人は幸いだな。チャイルドとか、チルドレンとか無いやつはな。無いやつはな。もうこうなったら包帯でぐるぐる巻きにしてくれ。天地無用だ。クロネコに電話して「集荷お願いします」って言ってくれ。いっつもいっつもいっつもおれの妻が。

だって仕方ないもん

大切な日付けを何で記念しますか？

定食にしますか？

ソナタ形式で

「ジャングル黒べえ」ってアカンの？

夜はいつも逆さまになって

そうね

誰にとっても不愉快だったと思う

「ほら、異様なまでに疲労した、とても形容するしかないような女性が戸口に佇み……」

もしもし?
「申し訳ありません…先日は……たいへん失礼してしまったのではないでしょうか…」
夏休みはまた来る?
シンクレア・ルイスって、どうよ?
しばくぞわれ!
うん
厭だね
ポイ棄て
ゲイルゲイル
失礼しましたって何が?
そろそろ何か生産的な事をしてみたいのお
はい
…
ウニでどうだウニ!
はあ?

「知りません。与えられるのです。名前は」

君に聞いてないよ

そういうわけで、僕はどうしようもありませんし、経済的にも精神的にも自立なんぞしておりません。経済的に自立する為には詩に見切りをつけねばなりません。そして精神的に自立する為にも、詩を見切らなければならんのです。「無能」なので。ところがそれができない。断念できない。詩は「万能」だから。これはアルコールが断てない事と同じです。まったく同じだと思う。僕は自分のこうした自堕落な性癖を肯定したいがためにこんな告白をしているわけではありません。肯定も否定もできない。しょうがないんです。僕は詩を書いていることが恥ずかしい。これは実感です。晴れがましい思いをしたことがない、というだけではない。晴れがましい思いなんて想像できないんです。この恥ずかしさ、賤しさは消えない。額に刻印されている。だから「彼は実は詩人で」なんて人に紹介されてしまうと反射的に俯いてしまうんです。後ろ頭を掻きながら卑屈に笑うしかない。反射的にそうなるんです。もっと堂々としていればいいじゃないかと頭では思うんですが、身体が言う事を聞かない。

うん

ほんで？

イギリスにはブリテンしかいないし
ふざけんなばかやろう、煙草買って来い煙草！
どうか忘れて下さい
もしもし？
聞けよ
星とともにどよーん目ン玉が黄色オード色
汚れた足で入ってくるな！
ヘリコプターで皇居の森に降り立つ夢をみながら（ああ最大射精の瞬間が……
錆びていくもの？
いったいどんな精神それ
わかってるって
灰色は灰色
明日？
めっちゃベルベット、
紙の上に
わたしは特別なヘリコプターをチャーターしてクネラ的に回転します

脳下垂体に活字合金を流し込まれた感じ？
まあな
崩壊の過程を共有する？
俺はあたりまえの事は考えない
じゃあね
またな
「ほなとりあえずキタ向いますわ。近所まで来たら教えてください。たのんます」
地震学者たちが人知れずタワーに集結しているぞ！
ウールラッ！
身体を大切にとか御自愛をとか、嘘寒くて一つも言えませんが、どうか快方に向っていることを願います。あなたが抱えている苦悩に対して僕はまったく無力ですし、そもそもこの仕事に何を期待しているわけでもありませんから、あなたのしている苦悩そのものが無意味だとさえ思う。もったいないと。そんなもんは適当に片付けて（それができない状況下にあるから苦しむのでしょうが）自分の時間を確保しないと。それは喧嘩を売ってでもしないと。そしてどうかあなたが望むあなた本来の活動に取り組んで下さい。一人で。周囲の無理解はあなた自身の当然の属性としてこれからも付いて回ります。だってそうでしょう、誰にあなたが理解できますか？
サークルを作りたい
死にたい
まあ無理すんな
旅団のね、一番最後で歩いていたい。前の人の足首だけ意識しながら
「聞いてまんがな。せやけどあれですわ、南海もなんや福岡に身売りやて。情けのうて涙がでますわ正味の話。わしらファンをどう思てんねんまったく」
「流れよ！　はいそこ左」
法？
クル病？
一行でいいのだよ！
おお、そうや、じっとしとんのやここで
痙攣するな！
だってお化けなんだから
「よし、君たちに本当のジドリを教えてやろう。ジドリの血を」
もっと恐いのは現実界ですね

ピークニック？
ビート君？
ノア？
それは違うはず。予言者はナビという名前のはず
もしもし？
うん
削除なんてちっとも怖くない
もっとちゃんと頭を使って書こう。思考しろ思考。「稼ぎに追い付く貧乏なし」、これはトラさんが言った格言だ。私はこう言わせてもらおう。「思考に追い付く記述なし」。「金持ち喧嘩せず」、これは野村サッチーが言った格言だ、私はこう言わせてもらう。「酒のみ勃起せず」。いや本当にダメなんだ。ふにゃふにゃだ。でも変な時間に勃起するんだ。仕事中とか。なんなんだろうアレは。自律神経の問題か。いやこんなこと書いている場合じゃないんだ。そうそう、トラさんと言えばだ、トラさんが最初に叩き売りする商品は何でしょうか。知っていますか。答えは本。道端で本を叩き売るわけ。こう、束ねた本を道端に投げ捨てるわけだ、おもむろに。それで「持ってけ泥棒！」とか「ちくしょう頭に来た、もうこうなったら火イつけてやる！」とか叫ぶ。いいね

え。焚書ね。カネッティだ。『華氏451』だ。詩人はだめだね。せいぜい「私の詩集を買って下さい」ですからね。やっぱ叩き売らんと。火イつけんと。ちがうちがう、こんなん書いとったらアカンねん。また鎌田から因縁つけられるねん。あ、ガキが泣いている。
血をね
まんべんなくね
チュル？
それもままならぬほど憔悴しきっておりまして
ぼくはオベンキョウのかわりにオベントウしてました。いっつも。いっつもいっつも
いっつも！
ん？
すまんのお
T／天国にラーメンはあり得るか？
論！
寝癖君？
いいえ、ただの知恵熱ですよ

：
破裂眼球黄濁どよーん
バンダイサー、バンダイバンダイサー
「そうか、あれがマルチ野郎か！　確かに笑えるのお！」
あああっ
法悦様
小学校までなら許される？
D／ドラキュラがする無限抱擁
この期に及んで昨夜は詩を書こうとしていたみたいですね。こういうのを悪あがきと言いますね。あるいは帳尻合わせね。それだったら最初から詩で勝負しとけよ。もうこんなん書いてしまってるし、〆切り秒読みだし、もうどうしようもないやん。わかってる。わかってるがな。もうごちゃごちゃ言うな。みんな出したったらええねん。
詩人なんて恥かいてナンボや。チンポやないよ。
おれはもうウスバカゲロウとウスバカヤロウの区別が……
ユニオンなんかどうでもええねん
そして思い出や思い出や（アムンゼン、何とかせえよ！

絶対大事？
あああ、うん
優雅なリフレイン？
時間を惜しむのは近代で終りにしよう
なんだあいつ、エラそうに
あの調子だとさらに十万円とか言いそうです
三半規管喪失でどうだ
ごめんなさい
リターン
ターン、ターン、ターン
エブリシング！
時々意味もなく頭を叩いています。結構マジで。ガキどもはジーと俺の顔を見ますね。何で叩かれたのか判らないから。何も悪いことしてないもん。叩かれた意味が無い。意味を探している顔をしてます。それから「何するんじゃオマエ、喧嘩売っとんのか」って目になりますねえ、ガキなりに。何も悪いことなんてしてないんだから、それが正しい理解ですよね。彼らは彼らなりにそういう理解にちゃんと到達するんです。

そんで俺に仕返しをしてくるんです。そのうちジャックナイフで。
このクーラーがガンガンにきいた部屋で快適に死すという手も
U／ウーだ、ウー。そういう怪獣を知ってるぞ
そいつは今おれの目の前で悲しみにぶるぶると震えている
「先日は…」
もうええよオギノメチャン、俺べつに怒ってないもん
そうや、おおそうやそうや
そうした行為、アクシオーネの気配を
うん
肌で感じてみる？
うーん
供養？
虹であり東であるエデン急行
仁義の墓場か
どうする？
だから俺に言うなよ

ね、記憶とは決してその人を裏切らないものですから、忘れてしまえるものは忘れてしまえばいいのですし、ねえちょっと鬱陶しいなそのショートホープ
どうせ死ぬんだ
ハラギャーテーだ
「どこのファンでっか野球？　やっぱし巨人でっか？　わいは南海ファンでんねん。
グアッハハハッアホやろ？　せやけどあの緑の帽子がカッコええねん。すんまへんな
南海戦なんかかけとって。ラジオ、巨人戦にしまひょか？」
え？
先日は
だからウニでどうだよ
そういう仕組みか
え？
え？
木も土も肌もべとべとしているだけですし
はっきり言っとくけどな
「無闇に行間を広げてはいけません」

「それってヤバイよ」
「何が入ってくるの？　ヤンバルクイナ？」
首都というのは
ほら、あれがかつての君の恋人だよ
おれが何をしたって言うんだ
せやから行くってそのうち、待っとけ！
星とともに？
誰か僧侶になれよ
あと三人分
母「？」
みんな見ないようにしてると思う
うん
何でや？
うん
何が言いたいんや？
次の夢はヘンでした。僕がタクシーの運転手に言っているんです。ドームに行けと。

それもえらい命令口調で。運転手がビビっている。運転手はドームなんて知らないわけですよ。僕も知らない。でもとにかくタクシーはドームに向っているんです。それってヘンでしょ? 乗客が命令するなんておかしい。乗客はタクシー運転手らに拉致されているという設定だったわけじゃないですか。

生活にかげり

がけり?

はい

明日結婚式を挙げるという美少女が夢の中にでてきて、だからせめて今晩だけでも付き合って欲しいと僕に懇願していました。なんとも艶っぽい夢を見たものです。夢の記憶とはいいかげんで、もう彼女の顔も思い出せません。

あれは、うん、はい

黙っとけ

虫が欲しいと娘がいいますので「タモ買って来いタモ!」と妻に言い付けましたが

ええから黙っとけよ

うん、ほなまたあとで電話するから

うん、僕もジャックナイフ少年だったから

え？
「無茶しよりまんなあ、たのんまっせ」
僕は知らないものは知らない
集合写真？
「ペロペロピーだ！」
いかで
イカやで
祝福されているのかしら、わたし
君らあれか？
どろどろりんと
嗚呼！
それが「自立」ということですね。悪いけどいつまでもおまえらと遊んでられへんでと。それがだ、妻が出勤してしまうと、あれほど泣きわめいていた娘が人が変ったように「おい、起きろ」ですよ。「ケージさん、もういい加減起きないと、ホラッ」です。足で蹴っとばして来ますからねえ。もうこの人には甘えられない。甘えたって仕方ないと娘なりに実感しているんです。面倒見たらなあかんと。病人ですよ、扱いとしては。いや、それでもう全然正しいんですけどね。妻の教育は正しい。
幽霊の話？
ゲイブ！
もういいって
中也の日記を読んでいたら「いたづらに唾するものは生気を失ふ」という言葉に出くわしました。貝原益軒の言葉だそうです。あの中也ですらその程度の反省（の身振り）はしていたわけです。「片輪の文学は認めぬ」の吉田一穂といい、近代のアンポンタンな父親詩人らはなんと健康で立派なことか。
え？
嫌な精神だ
縄跳びの紐で電車ごっこをしました
ヤバイね
…
団欒ね。恐怖団欒。「だ～んらーん」て来るやつ。深夜零時。それで寿命が血事務、縮む…
先日は失敬

松本圭二セレクション 5

栞
二〇一八年三月
航思社

ONCE かつて…——井土紀州

詩のことはよくわからない。いや、さっぱりわからない。読むのも苦手だし、自分から進んで読もうとは思わない。読むのは松本圭二の詩だけだ。それでも、難しい言葉や抽象的な表現に出くわすと、怖じ気づいてしまって読む気を失くしたり、よそよそしい気分になってしまう。でも、松本圭二特有のボヤキや捨てゼリフ、追い詰められた人間が開き直った時に吐くようなヤケクソの言葉が出てくると、途端に嬉しくなってくる。ああ、松本圭二がここにいる、と急に詩が親密なものに感じられるのだ。

　松本圭二と初めて会ったのは、一九八九年の五月、私が法政大学の二年生の時だった。その日は、私のその後の人生を決定づける運命的な日だったから、よく覚えている。当時の私は所属する映画サークル〝映像研究会〟の先輩から〝シアターゼロ〟という自主上映団体に入るように勧誘されていたのだが、態度を保留していた。シアターゼロに入るということは、学生会館の自主管理の運動に深くかかわることを意味しており、私はそれよりも気楽に映画が撮りたかったのである。

　そんなある日、先輩からバイトに誘われた。アテネ・フランセ文化センターで、シネクラブ会員向けのチラシを郵送する作業だという。私は何も考えずに先輩二人について行った。私たち以外にも数人のアルバイトが集められており、作業はアテネのホールで行われた。作業自体は単純で、何種類かのチラシを三つ折りにして、封筒に詰める。それが終わったら、封筒の口を糊づけして、宛名の印刷されたシールを貼っていく、というものだった。アルバイトのメンバーの中には松本もいたのだが、その時点で彼の存在を意識することはなかった。私が最初に話したのは山本均という人物である。朗らかで気さくで関西弁の山本は、映画や音楽のことをよく知っており、話題も豊富で、アルバイトの中では圧倒的な存在感を放っていた。その後、松本は山本と付き合いを深めていき、山本のために映画のシノプシスまで書くようになるのだが、彼らにとってもこのバイトが初対面だったはずだ。

　休憩中、私は作業を仕切っている人物に紹介されることになった。その人物、安井豊はアテネのプログラムディレクターにして新進気鋭の映画批評家で、その映画評は当時の先鋭的な若者たちから支持されていた。もちろん、私も彼の映画評を読んでおり、その存在は知っていた。先輩に「映像研究会の後輩です」と紹介されて挨拶すると、安井は「シアターゼロはやってないの？」と訊いてきた。彼もまた映像研究会の出身で

2

あり、シアターゼロのOBでもあったのだ。私が「やってません」と答えると、「やればいいのに」と安井はいとも簡単に言った。そこで、私もつられて「じゃあ、やります」と簡単に答えてしまったのだった。こうして、私はこのバイトの途中でシアターゼロをやることになってしまったのだ。

　作業はアテネの閉館時刻である午後九時になっても終わらなかった。アルバイトはその時点で解散することになったが、場所を変えて作業は続けられるらしい。次の場所は文京区湯島にある〝スタンス・カンパニー〟という映写技師の派遣会社で、そこの社長もシアターゼロのOBということだった。先輩たちと私は引き続き作業を手伝うことになり、アテネのある神田駿河台から湯島まで歩いた。スタンス・カンパニー社長の坂口一直は、歌手の荒木一郎に似た風貌で、ぶっきらぼうだけど根っこに温かさを感じさせる人物だった。坂口は安井と同世代で、同じ時期にシアターゼロをやり、一緒に映画も作っていた仲間だが、二人の印象は全く違っていた。安井が知的で八〇年代的なポストモダンを体現した人物だとすれば、坂口は七〇年代的な挫折感を漂わせており、アンダーグラウンドの匂いがプンプンしていた。彼らはそれぞれ自主製作映画

の作り手たちとも交流があり、安井が黒沢清を筆頭とする蓮實重彦に影響を受けた面々と付き合い、自らも雑誌「リュミエール」などに寄稿していたのに対し、坂口は山本政志らアウトロー系の作り手たちと仲が良かった。やがて、松本はこの坂口の下で映写技師として働くことになるのだが、松本が一冊目の詩集を作り、それを坂口に贈ったとき、詩集をパラパラ眺めた坂口が白紙のページや余白が多いことに気づき、「ここにお前の詩を書けってことか？」と松本に真顔で聞いたのだという。松本はこのエピソードが好きで、酔ったときによく話していた。

ともかく場所が変わって作業が再開されることになった。安井、坂口が顔をそろえ、新入りの私を含む現役のシアターゼロが三人、そして、なぜか松本圭二もその場にいたのである。新旧シアターゼロのメンバーがワイワイやっている中で、彼は一言もしゃべらず、黙々と作業だけをやっていた。自分の殻に閉じこもっているというわけではなさそうで、話の内容に耳を傾けて微笑んだりもしている。しかし、自分から会話に入ってこようとはしない。私はこの時、その寡黙さと独特な距離感によって、初めて松本圭二を意識した。

終電の時間が近づいて来ると、さらにもう一人メン

バーが増えた。同じくシアターゼロOBで、渋谷のミニシアター〝ユーロスペース〟支配人の北條誠人である。仕事が終わり駆けつけてきたのだ。どこか突っ張った印象のある安井や坂口に比べると、北條は物腰が柔らかく、人当たりもよかった。この九年後、松本に協力してもらい私が初めて監督した映画『百年の絶唱』が、北條のおかげでユーロスペースで劇場公開されることになるのである。

作業は深夜の二時か三時くらいに終わった。始発が動き出すまで酒でも飲もうということになり、当時流行っていた樽の形をしたビールを買ってきて酒盛りが始まった。松本も一緒に酒は飲んだが、やはりしゃべらなかった。明け方、始発が動き出す時間になり、飲み続けるOBを残して、学生三人がスタンス・カンパニーを出ると、松本も後を追ってきた。そして、先輩たちの後ろを歩いていた私と並ぶ形なった。そのまま無言で清水坂を下り、蔵前橋通りにぶつかって信号を待っていた時、松本がふいに私に話しかけてきた。どういう言い方だったかは忘れてしまったが、「シアターゼロとはどういう組織なのか？」という質問だった。「入ったばかりなので、よくわからない」と私は答えた。それで会話が終わりそうになった。私はそれ

が何か惜しいような気がして、自分はまだ大学二年生で、昨日のバイトをきっかけにシアターゼロに入ることになったのだ、と事情を打ち明けた。すると松本は、ああいう人たちを三人も輩出しているのだから、面白い組織に違いない、という意味のことを言った。信号が変わり、再び歩き出すと、私は彼のことを聞いてみた。すると松本は堰を切ったように話し始めた。

早稲田大学を中退したこと。故郷の三重県四日市に一度は帰ったものの再び東京に戻ってきたこと。映画の仕事をしたいと思っていること。本当はアテネの文化センターで働きたかったのだが、バイトは募集していないと言われ、それでも諦めきれなくてアテネの学校で雇ってもらい、掃除やペンキ塗りなどの雑用をやっていること。今回の郵送作業は文化センターのバイトなのではりきって参加したこと等々……。彼が四日市の出身と聞き、私も三重県の北牟婁郡海山町の出身だと言うと、話がはずんだ。私たちは聖橋を渡り、御茶ノ水駅のホームで電車を待つ間も話し続けた。朝日を浴びながら、長かった労働から解放されて清々しい気分だったことをよく覚えている。

次に松本を見かけたのは、その年の暮れのことで、アテネが毎年開催していた映画忘年会の会場だった。ちなみに私はあの日以来、シアターゼロの一員として法政大学の学生会館に入り浸るようになっており、その日は忘年会の裏方をやるために駆り出されたのだった。一方、松本はスタンス所属の映写技師として忘年会に参加していた。彼がその後、スタンスで映写の仕事を始めたことは風のうわさで聞いていた。あの朝、話していた彼の希望がかなったわけだ。

それにしても、驚いたのは、松本の風貌の変化だ。彼は髪を金色に染めて逆立て、革ジャンに膝の破れたズボンを履いていた。あの寡黙で穏やかで翳りをおびた文学青年風の印象は消え去っており、作業している私と目が合うと、松本はヨッという感じで手をあげた。その身のこなしまでが、まるっきり別人のようだった。一体、彼の身に何が起こったのか!? 本人に聞くのは躊躇われたので、社長の坂口に聞いてみると、スタンスで働き始めてしばらく経った頃に、「俺、パンクスになります」と、突然〝パンクス宣言〟をして、金髪にしてきたのだという。自分を変えたいと思う人間はたくさんいるが、本当に実行して、ここまで劇的に変身してしまえる松本を私はすごいと思った。

金髪にしてパンクスになったおかげで、松本は翌年、ピンク映画に出ている。パンクスの役を探していた佐藤寿保監督に、坂口が紹介して出演が決まったらしい。その後も、松本は瀬々敬久、佐野和宏らの映画に立て続けに出演している。俳優としての魅力があったということだ。「役者の道が開けたかもしれないのに、なぜ続けなかったのか」と、前に本人に聞いたことがある。確か「次に来た仕事があまりやりたくない役だったので断ってしまい、自分には芝居を続ける覚悟がないと思った」という答えだった。それでも、私はもしも松本が俳優を続けていたら……と時々考えることがある。国映のピンク映画出身の俳優たち、川瀬陽太や亡くなった伊藤猛たちと肩を並べて芝居をする松本の姿を想像するだけで楽しくなってくるからだ。

松本は一九九一年にスタンス・カンパニーを辞めて、再び四日市に帰っている。この時期、松本には直接会っていないし、彼がどういう生活を送っていたのかも知らないが、私には強烈に記憶に残っていることがある。その頃、私はまだ映写を覚えたばかりだったが、当時は景気もよく、人手が足りなかったのだろう。坂口に呼ばれてスタンスでよくアルバイトをした。場所は、当時スタンスが映写を請け負っていた渋谷のパルコ・パート3という映画館だ。映写室には「映写芸術」（もちろん雑誌「映画芸術」のパロディだろう）と題されたノートが置いてあり、フィルムの状態やトラブルなどの状況を記録して、他の映写技師に申し送りするためのものなのだが、松本はそのノートに膨大な言葉を書きつけていたのだ。例えば、他の映写技師が「×月×日　特に異常なし」と一行か二行程度の申し送りを書いているとすれば、松本が担当した日は一頁まるごとか、あるいは二、三頁にわたって、自分の身の回りに起こったことやその時々の思考の断片のようなものが書きつけてあるのだ。それは異様な光景だった。彼の中に鬱積した言葉が、行き場を求めてさまよった挙句、熱のようなものを帯びて、ノートの上に吐きだされているようだった。松本の意識は明らかに映写という仕事から遠ざかり、目の前の白い紙に向かっていたのだろう。言葉が彼を蝕んでいる、ノートにびっしりと書き込まれた文字からは何か禍々しいものが感じられ、『アストロノート』を初めて読んだときに思い出したのは、このノートのことだった。

寡黙、パンク、俳優、映写ノート……これが最初の詩集『ロング・リリイフ』を書く前の松本圭二について、私が知っていることのすべてである。この時期は、松本にとっては詩集を作るための試行錯誤の期間だったのかもしれない。私が松本と再会するのは五年後のことだ。

一九九五年、私は大学を卒業し、アテネ専属の映写技師になっていた。九三年には〝新日本作家主義列伝〟という企画で、安井豊のアシスタントを務め、ピンク四天王や河瀬直美の映画を上映したりと充実した日々を送っていた。そして、彼らと交流しているうちに、自分でも映画を撮りたいという思いが強くなっていった。そこで、シナリオを書き始めたのだが上手くいかない。改稿すればするほど、わけがわからなくなり、迷路に迷い込んでしまった。ちょうどその頃、松本がやって来たのである。二冊目の詩集が上手くいかずに、再び映画の仕事に活路を見出そうとしていた時期だ。互いに鬱屈していたから、よく酒を飲んだ。言いたいことも言いあった。松本に言われた言葉でどうしても忘れられないものがある。それは「あなたは他人から嫌われることを恐れている。でも、そんなことは恐れるべきではないのだ。自分は詩集を作るためなら、世界中の人間から嫌われてもいいと思っている。そういう覚悟で詩を書いている」というものだった。衝撃だった。私は腹が決まった。そして、松本に協力してもらい、シナリオを直した。撮影では松本が住んでいた部屋や蔵書を借りた。完成に時間がかかってしまい、その間に松本は新たな職を求めて福岡に行ってしまった。その映画『百年の絶唱』が完成したのは九七年の夏のことだった。

二〇〇一年からは「重力」という同人誌を一緒にやった。松本は詩人として、私は映画人として、文芸批評家の鎌田哲哉に召集されたのだ。「重力」には三年ほど関わったが、発行したのは二号までだった。一号の責任編集が鎌田で、二号は私がやった。三号を松本がやるという話もあったし、別の人がやるという話もあったが、結局は頓挫してしまった。ともかく、この「重力」のために松本が書いたのが『アストロノート』(初版)だ。

『アストロノート』は、純粋に読み物として面白かった。松本のヤケクソ精神が炸裂しており、読み始めると中毒みたいになって、どんどん読まされてしまう。詩というよりは、エッセイだったり、小説を読んでいるような感覚になるのだが、何にも似ていない。このジャンル分け不可能で圧倒的な作物が唯一似ているのは、あの映写ノートにびっしりと書きつけられていた言葉の渦だけだ。

(文中敬称略/映画監督、脚本家)

宇宙の誕生――松本圭二

TDU（タクシー・ドライバーズ・ユニオン）という、実在するのかも知れないが、詩のなかでは架空の地下組織。彼らは乗客を巻き込んで自爆テロを繰り返している。政府機関による通信の傍受、制限、あるいは捏造といった行為に対し、通信の自由を勝ち取るために活動しているのだ。ある日、一人の男（私自身でも良い）がTDUのタクシーを拾う。ドライバーは男をTDUの首謀者と勘違いしている。男はTDUの存在さえ知らない。自分はしがない無名の詩人なのだと告げる男。もちろん知っているとドライバーは言う。無名かも知れないが、TDUの構成員はみなあなたの詩を回し読みしている。なんならタクシー無線で朗読してもいいとまで言うのだった。あなたの書く詩こそが、われわれTDUのマニフェストであり、スローガンなのだ！

そんな荒唐無稽なテクストを、『重力01』のために書いていたのが、二〇〇一年の春から夏にかけてだろうか。そしてその年の九月一一日に、あのニューヨークのテロが起きる。ほぼリアルタイムで、NYの映像を見続けていた私は、タクシーと旅客機の違いは大きいけれども、乗客を巻き込んだ自爆テロという点でアイデアは似ているし、TDUを完成させるのはもう無理だろうと思った。悪ふざけのパロディーにしかならないからだ。

そう観念した頃、ツインタワーが崩落する。その凄まじい崩落映像を見たとき、私は未完成テクストTDUの瓦礫化を試みる気になっていた。でも何かが足りない。何が足りないのか、九・一一当日の、NY上空の凄まじい青空の映像を見つめていて、やっと気付いたのだった。

それは一九八六年一月のスペース・シャトル「チャレンジャー号」爆発事故である。当時、私はその映像を実家の自分の部屋で見ていた。お正月に帰省して、そのままだらだらしていたのだろう。深夜の生中継だったはず。若い女性教師が乗務員として乗り込んでいた。それが話題となり、日本でも中継されていたわけだ。その日も凄まじい青空だった。その青空のなか、爆発し、煙を吐きながら落下してゆくチャレンジャー号の様子を、TVは延々と追っていたように思う。青空、爆発、落下。おおよそ一五年の時を経て、アメリカの二つの悲劇が、私のなかで繋がった。

　かくして、私は瓦礫化した詩篇「TDU」を「アストロノート」と改題することにした。死んだ女性宇宙飛行士、シャロン・クリスタ・コリガン・マコーリフを追悼するためではない。私自身が、詩人で最初の、宇宙飛行士になるためだ。詩の瓦礫化は、宇宙の誕生を表現し得るかも知れない。そんな願いが、この詩篇にはこめられている。

著者解題　初版『アストロノート』ノート――松本圭二

　第一詩集『ロング・リリイフ』は東京と四日市を往復しながら書いたものだが、その原形となる詩を書いたのは東京や横浜だったし、最初の改稿と加筆も新宿区南榎町のアパートで行っている。だから私には東京時代の詩集という印象がある。そして『ロング・リリイフ』には「さらば東京」という思いが込められていた。生活の上ではその後も上京と帰郷を繰り返しているが、もう東京で詩が書きたいとは思わなかったし、実際に一つも書けなかった。

　第二詩集『詩集　THE POEMS』は四日市で書いた。そして、やはり「さらば四日市」という思いが込められている。同書を製作するために再々上京した時、私はもう四日市に戻ることはないだろうと予感していた。そして第三詩集『詩篇アマータイム』は福岡で書いた。ここでも私は「さらば福岡」という思いを込めようとしていた。この詩集を作ってしまえば、もう福岡にいる理由はなくなるだろうからだ。そしてその三冊は、私にとっては三部作なのだ。そう意識していた。「工都三部作」と呼んでいい。ここで一つのサイクルが閉じる。一つのモチーフが消える。

　福岡を去ることはできなかった。生活があるからだ。『詩篇アマータイム』刊行後は、書くことがなくなってしまった。何も書く気がしなくなった。福岡の詩はもう書いた、さあ次の場所へ。それができない。次の展開がない。展望もない。この頃からアルコールの量が増えた。そんな時に新鋭文芸批評家の鎌田哲哉と出会った。彼の誘いで雑誌「重力」の創刊に参加することになった。様々なジャンルで活動している作家や批評家、研究者が、共同出資で自立的な刊行を目指すという雑誌だ。これが大きかった。

他ジャンルの人々との交流は刺激的で、とりわけ批評家の言葉は、すっかり鈍っていた私の思考力をフル回転しなければ追いつけない感じがした。展望がなくてもやる気だけは出てきた。書き続けるしかないと腹を決めた。これからは書き棄てだ。原稿の依頼はぜんぶ引き受けて無理矢理書いた。そうやって書いた詩はおおむね評判が悪かった。書き棄て御免なのだから評判が悪いのはあたりまえだ。書けない時間、書かない時間をもっと大切にすべきだと忠告してくる人もいた。

どんな詩を書いていたのか。地方都市での小市民的な暮らしに埋没して行くのが嫌で嫌でたまらない詩人が、酔っ払いながら自分の家族や仕事をネタに愚痴をこぼしてみたり、時に殺気立ったりする、というのがだいたいのパターンである。妻は雑誌に掲載された私の詩を読んでショックを受けていた。泣きながら「もうやめて欲しい」と言われたことも二度や三度ではない。酔っ払って書いた詩なんて絶対に認めないと妻は言った。『ロング・リリイフ』のような詩を書いて欲しいいと。

ヤバい感じだった。こんな状態を続けていたらいずれ精神か生活が破綻するだろうと思った。「青猫以後」という長編詩を書いた時、ここで一度嫌な流れを断ち切りたいと考えた。そのためには詩集を作るしかない。第四詩集『青猫以後』。当時は鎌田哲哉と激しく衝突していたこともあり、私は「重力」への参加を取り止め、第四詩集の製作にシフトしたいと思った。もし『詩篇アマータイム』が中原中也賞を受賞し、賞金の一〇〇万円をゲットしていたなら、次に『青猫以後』という詩集を作っていたはずである。

ようするにお金がなかった。結局、家族を傷付けながら詩を書くという嫌な流れを引き摺りながら、雑誌「重力01」に掲載する長編テクストに取り組むことにした。それで紆余曲折のすえに書き上げたというか、壊し尽くしたテクストが「アストロノート」だ。「アストロノート」は詩の瓦礫だ。私はこの瓦礫をそのまま放っておくことが耐え難かったので、そこから美しいもの、大切なものだけを拾い集めて、自分の詩を再生させたいと考えるようになった。それを第四詩集にしたいと。

雑誌「現代詩手帖」で連載を開始した「電波詩集」は、まさにその試みのはずだった。ネタはぜんぶ「アストロノート」の瓦礫のなかに探しに行くつもりだった。ところが「アストロノート」をどれだけ読み直してみても、そこに美しいもの、大切なものは一つも転がっていないのだった。こうなったらぶっつけ本番で書くしかない。私はとりあえずのルールを決めた。毎月短い詩を四篇書く。それは四回バッターボックスに入ることを意味している。四打数一安打を狙っていこうと。打率二割五分でいい。

まあなんとなく二割五分でシーズン（連載）は終った。思潮社から「電波詩集」の詩集化を打診された時、全体の四分の一のヒットだけに絞ればいい詩集ができるかも知れないと思った。すっきりした詩集を出すのもよかろうと。あるいはもうめんどくさいので、思潮社で勝手に作って欲しいとも思った。詩集製作で人に嫌な思いをさせたり、自分が嫌な思いをするのはコリゴリだ。それに、詩集よりも家族や仕事の方がよっぽど大事だと意識できるようになっていた。それなりに成長したわけだ。

だがそんな投げやりな態度で詩集はできない。思潮社が勝手に私の詩集を作ることなどあり得ないので、放っておけば消滅するだけである。私が積極的に働きかけない限り、詩集製作は一歩も先に進まないだろう。そのためには私の側に「一冊の詩集」に対する欲望がなければならない。むろんその欲望を呼び覚ますのは

可能だ。問題はその欲望が思潮社の許容範囲におさまるかどうかだ。無理だと思った。必ず衝突するだろう。「一冊の詩集」を欲望すれば衝突し、欲望を抑えれば相手にされない。これは難問だ。

私はどこかで「青猫以後」や「アストロノート」のことが引っ掛かっていた。順番から言えば、第四詩集『青猫以後』、第五詩集『アストロノート』、第六詩集『電波詩集』と続くべきなのだ。でも金がない。時間もない。ならばそれらをぜんぶまとめて一冊にすればどうか。どうせ思潮社と衝突するなら、最初からガツンと行くしかないのだ。そこから長い長い駆け引きが始まる。めんどくさいが仕方ない。これはまた厄介なことになるぞと思った。量が半端ではない。とても一段組では無理だ。じゃあ二段組なら。そこで素晴らしいアイデアが浮かんだのだった。

思潮社の主力商品『現代詩文庫』の二段組のフォーマットにそのまま流し込んでもらえばいい。それが可能なら組版だとか装幀だとかに口を挟まなくて済む。思潮社としても楽チンなのではないか。私はその構想を思潮社の編集者・高木真史に伝えた。彼も最初は乗り気だった。こえはイケル。テキスト・データを送ると、すぐに組版見本が届いた。それが第四詩集『アストロノート』の最初のヴァージョンとなる。ただしこ

れは初稿ではなくあくまで見本なのだった。私はここで引っ掛からずにさらっといきたかったのだが、やはりストップがかかった。このままの形では詩集にはできないので再考するようにと。思潮社の主力商品を転用するという態度に問題があったのだろう。

とにかく削除が必要だった。しかし今度ばかりは無理な相談である。そもそも書き棄ててきた詩なのだ。削除すれば何も残らない。高木氏には大きな削除を前提として改稿の約束をしたのだったが、私はまったくやる気がなかった。読み返す気がしないのだ。全部使うか全部棄てるか、二つに一つだ。やる気がないまま時間だけが過ぎた。第四詩集の製作はこのまま流れてしまうだろうと感じていた。その程度のものであれば、それはそれでいいように思った。期待というものがない。期待する人がいない。郡淳一郎もいないし、小埜哲也もいないのだ。

もし鎌田哲哉がいなかったら、私は第四詩集の製作を投げ出していただろう。鎌田はそれを許さなかった。絶対に出すべきだと。版元に遠慮せず思い通りの詩集を作るべきだと。金がないなら「重力」編集会議で出資を募ってもいいとまで言った。それでスイッチが入った。でも共同出資は御免だ。自分の詩集ぐらい自分の金でつくる。私は福岡の印刷会社「タイム社印刷」に印刷と製本を依頼した。それからはエンジン全開だった。書き棄てたはずの詩がぜんぶ光ってきた。私はここで削除どころか加筆をしている。むかし書いた「非破壊検査」という映画シノプシスをもとに、「平魚」という長篇テクストを書き下ろして詩集に編入した。また「精神のピーク」という小品も加えた。もうぐちゃぐちゃ。二〇〇六年一月一五日、第四詩集『アストロノート』刊行。

『アストロノート』VHS版ノート

私は第四詩集の製作費を五〇万円に設定していた。それを可能にするためには出版社を挟んではダメなのだ。印刷製本のみを請け負う会社に直接依頼するしかない。編集者や発行人に金を払う余裕はない。印刷製本を依頼した福岡の「タイム社」は書籍をほとんど扱っていない会社だった。それは私にとっては好都合である。過去の実績をモデルに常識的な指導をされても困るからだ。私は「タイム社」にVHSのビデオ・テープを見本として手渡し、これとまったく同じ判型にして欲しいと言った。詩集の厚みも私の計算ではVHSテープとほぼ同じになるはずだった。既製品のVHSテープ用空ケースを安価で仕入れて、それを箱の代わりにしようと考えていたのだ。怪し気な海賊版ビデオの感じに似せる狙いがあった。

ところが製作費をケチったために頁数を減らさなくてはならなくなった。テクストを削除する気はなかったのでとにかく詰め込めるだけ詰め込むことにした。問題は詩集の厚みである。紙もチープなものを使うしかないので、これではVHSテープのような厚みにはならないのだ。この段階で海賊版ビデオ風というコンセプトは諦めた。その代わりに本文用紙をブルーにした。ブルーの紙に紺色の文字を刷る。とても小さい文字。これはこれで怪し気だ。8ミリのいわゆるブルー・フィルムに似ていると。まあしかし出版社に製作を依頼していたなら即NGだったと思う。

製作費をケチるとどうなるか。単に頁数が減るだけではない。製作過程での様々な確認作業を端折ることになる。おそらくこの判型で問題となるのはノド（頁と頁の谷間）のマージン（余白）であろう。マージンの計算を間違えれば文字がノドに潜り込んでしまう。「タイム社」は書籍製作の経験に乏しいはずだから、ここは注意しなければいけないと思っていた。最初のゲラを見た時、私はマージンが足りないのではないかと心配したのだが、思ったほどの厚みにはならないと分かったので、まあ大丈夫だろうとOKした。ようするに確認はできていない。


結果、仕上がった八〇〇冊のVHS版は、私が心配した通りになっていた。二〇〇五年の一二月二七日のことだ。詩集を思いきり開いて、頁の谷間を覗き込むようにして読めばなんとか読めないことはない。つまりこの詩集を読むためにはちょっとした暴力が必要になるわけで、それもまた悪くはないと考えてみた。こんな「ノドの詰まった」息苦しい本もちょっとあり得ないだろう、それもよかろうと。だが問題は他にもあった。単純な誤植が多数みつかったのだ。これも製作費をケチった結果だった。せめて自分以外にもう一人校正をチェックする人間がおればこんなことにはなっていなかっただろう。

私は大急ぎで刷り直すことにした。「タイム社」に年末・年始を挟んだ突貫工事を強引にお願いした。誤植を訂正し、判型を変えてノドを広げ、修正版『アストロノート』は完成した。それを販売に当てたわけだが、売るに売れない八〇〇冊のVHS版を自宅に抱えることになる。それは第二詩集の未製本の紙束を大量に引き取った時の状況と似ている。私はこれをなんとかせねばならないが、むろん棄てることはできない。しばらくはVHS版に呪われ続けるだろう。


（前橋文学館特別企画展図録『松本圭二　LET'S GET LOST』から転載）

天皇か
もういちいち詫びなくていいよ
…
そうだね最初からそうだった。おれは「彼」に出会う、ということができなかった。
二年も三年も。二年も三年も三年も。三年も三年も三年も三年も！
アホだ
うん。
こ。
まず予兆があったんです。僕は「現代詩手帖」の2001年1月号に「赤い小冊子（スイットピ）」という詩を書いているんです。ちなみにそれ以降はもう「現代詩手帖」からの原稿依頼はピタッとなくなりました。こいつはもうダメだと判断されたんでしょうね。その判断は正しいと思います。さすがに思潮社は現代詩というジャンルを支える老舗だ。いつまでも気狂いばかり相手にしないぞ、ということなんだと思う。現代詩は気狂いやアル中を囲い込み過ぎましたからね。今はもうアカデミシャン以外は相手にしないということなんだと思う。でもそれは正しいんです。まともな散文や批評が書けないような詩人を現代詩のジャーナリズムは排除すべきなんです。そんなね、書き手として自立できていない、甘ったれの病人は排除されてしかるべきなんです。やっぱ健康じゃないとダメだ、文学は。

ジャンボ餃子が食べたい

はあ？

まあいいよ

俺は行って来たよ

「御在所」は文字どおり神の山ですので

ハンミョウが代わる代わる案内してくれました

U／ウラン命

…

昨夜の血だらけの言葉をわたしはもう覚えていませんがこの詩人君は覚えているのでしょうね、ヘビだし、ねちねち覚えてしまって苦しむのかも知れませんし、そんなの知りませんよ、というのもその血はそもそもわたしの血、唾、精液だったわけでしょう？

おう、それでええよ

そう？

もしもし？
無理や、明日は研修や
ん？
一生無理や
たぶん
そうね。確かに人間の生涯なんてエピソードの集積に過ぎないのかもね。誰だって明日自分が死ぬなんて思っていないもの
帰って来るのだよ、君、この燃える平原に
書かれた顔？
ゾッキ？
まあ見られたものではありません
君はおれの名を知らない
「弱者だよ全員集合！」みたいな物語はどうか書かないで下さい
ブラウン管でおまえの顔を見るたびに不愉快で、こうして憎しみばかりツノらせて来たわけだが、次第に落ちぶれていくおまえを見ることもまた、少しも私の勝利を呼び込むものではない。落ちぶれたその姿はやはりおまえ自身のものであり、それを見て

いる私はいつまでも敗者だ。おまえの文化人然とした言動には辟易するばかりだし、何が楽しくて巨乳タレントと温泉に入っているのか理解に苦しむが、うらやましい。ひたすらうらやましい。社会人類学がそのように頽廃していくのは結構。しかるにだ、経済学や言語学まで巻き込んでいったい何をたくらんでいるのかね、おまえは。政界進出か？　ならば大いにやってくれたまえよ、いけしゃあしゃあと。言っておくが私はたとえ共産党が解党したとしても投票用紙には「リパブリック！」と書くであろうし、それ以外の可能性など一度も信じたことは…
写真を撮りに？
最後にカンブリ君は「金を貸してくれ」と言いました
とうとう面が割れたわけね
T／タン！
D／ダン！
U／ウーッ！
あの三人！
人が多すぎてわけがわからへん。誰が誰？　ワシはワシやけど
歌詞カード？

いりませんそんなもの

ワードカウント機能で調べたら10691文字でした。400で割ると26・7。なんだ、27枚程度だよ。シャバイのお。ちゅうことは1枚480円。うーん。カウントに誤差もあるでしょうから、結論としては青土社は一枚500円で計算したみたいですね。一枚500ねえ。でもこれ時給にしたら100円ぐらいですよ。130時間はゆうにかかっているからね。え？　それも大袈裟に言ってるだろって？　いやそんなことありませんて。腐っても詩ですよ。1枚5時間ぐらいはかかりますマジで。

この猿の惑星では

なんで？

朝っぱらから動物ビスケット？

血はどう変るの？

うん、はい

ああ、ああ、よくある話ね。後部座席が濡れていたってやつね。どうなんだろう、幽霊乗せたってのは、実際には聞いたことがないねえ。なんかよくあるパターンになってるようだけど、うーんどうかな。どこかでそういうことが一度ぐらいはあったのかも知れないねえ。赤坂プリンスとかねえ。それがどんどん、なんて言うの、リメイクされて広がったという感じじゃないの？　みんな嘘つきだからねえ。
いったい首謀者は誰なのかね？
モーツァルトの回虫は今も生きているに違いない。俺はこの夏ひたすらからっぽであろうとした。「何もしない」ということに苛立つようでは一家壊滅だ。
青い鳥がどないした？
ビートニクス？
呪文？
じゃあ虫にしておくよ君は
おう、
いいよもう
夏は海か。短絡するなよ。溺れて死ぬよ。一家全滅だ。川か？　だから溺れて死ぬって
みんな切り身？
御遠慮させていただいた次第です
何を？
うん飲み過ぎ

は？

そしたらＴＤＵから突然無線が入って来たんだ

リモコン取ってリモコン

連続夢「ＴＤＵ」の記憶を僕は思い出せる範囲で整理してみました。日本中でタクシー・ドライバーズ・ユニオンの組合員らによる乗客の拉致という事態が起きている。彼らは彼らが「ドーム」と呼ぶ場所に向っている。僕はその騒動に巻き込まれた乗客であり、同時にこの騒動の首謀者であるかも知れない。まあそういうこと。それだけのことです。問題点が幾つもありますね。まず「ドーム」というのが何を指しているのか。僕はそれを神戸の「漁火」に接近させればいいと考えました。その当時は。でもその後もいろいろありましたから、やっぱり皇居あたりが無難ではないでしょうか。普遍的に。次に彼らの目的。それは夢からは判りません。だから僕は「世界軍」に対する最後の抵抗なのだと位置付けました。世界軍に抵抗している勢力は今や「ＴＤＵ」だけなんだという設定ですね。「ＴＤＵ」の危機感を煽ったのは運輸業者を束ねる「クロネコ」一派の寝返りです。「クロネコ」が世界軍に寝返ったことで「ＴＤＵ」は孤立してしまうんです。

集合霊？

『詩篇タクシー・ドライバーズ・ユニオン残骸』

そやな
だからおまえが書けよ
ええっ、俺か？
「にずる」もの？
では彼ら「ＴＤＵ」は「ドーム」に集結して何をするんだろう。乗客はどうなる？そこにどんな恐怖と威嚇があり得るのだろう。何かしないといけないじゃないですか。僕は首謀者でもあるんです。で、僕は最初のタクシーを「ドーム」に激突させる作戦に出たのです。乗客が一人犠牲になった。そうすると残りの乗客、日本中で人質になっている乗客はみんな死の脅威に曝されることになるわけです。それで世界軍が慌てる。把握なんかできないわけですよ。いったい今この騒動に加担しているタクシーが日本中でどれぐらい走っているのか。ひょっとしたら一万台ぐらいあるかも知れない。ということは一万人以上が死に直面している。どれが問題のタクシーなのか。そんなこと全然判らない。だってタクシーはみんな交通ルールを守って制限速度で走っていますから。全然特定できない。世界軍は必死になってタクシー無線を傍受します。ジー、ガチャン、３６０度でチョン

うん

また後日

そう、で、死んじゃったわけ

「ガメニ」って何や？

そんな神様がひょっとしたらいるのではありませんか？

あれは惨めだねえ。自宅まで古本屋が来て、ピッピッピてな感じでどんどんダンボールに放り込んで行く。「おまえちゃんと査定しとんのかい」って言いたいけど向こうは商売だからねえ。買い叩くのが。本の値打なんかいちいち勘定しないよ。「お、これは掘り出し物」と気付いても知らんふりしてやがるからねえ。で、どうせそんなことだろうと思って俺は「これだけは」っていう本だけ別にしておいたんだ。それなりの値がつくやつね。そしたらそれも寄越せって言うんだよ。それがないと値がつけられないって。結局みんな持っていかれた。あれは不覚だったねえ。後悔してるよ未だに。

電話線の中とか

ユニオンという森に迷い込むのはどうだろう

「ほら、空から墜ちてくる連中ですよ」

うんボーフラ存在
髪が痒い
え？　おまえも行ったんか！
現場ね、現場現場現場
そして詩
ミミクロの詩
D／抱き合わせよう
くそう、とうとう時給100円だよ。俺は100円ショップか。ちなみにこの詩、ワードカウントで調べると現在49938文字です。すでにして原稿用紙124枚分ですよ！　1枚500円でも62000円だ！　でもね、この雑誌は原稿料なんかでないんです。それどころか100000円も出資してますよお。回収できなかったらどうなりますか。100000円損した上にだ、これにかかった時間、労働をあわせるとどうなる。取りあえずここでは1枚1000円で計算させてもらおう。それが最低条件だ。ええと、おお、この間に50000文字を突破していました。ここで50149文字です。約125枚だ。ちゅうことは125000円ね。ようするに今の段階で225000円の投資をしているわけだ。

バンデロヴァーッ！

とうとうやってしもうた。ワードカウント74349文字。『TDU』はかなり削除しました。読み直しながらライヴでね。こんなんいらんわ、消したれって。さあ計算しよう。400字詰原稿用紙で185枚だ。これを30頁に詰め込むとすると1頁2478文字か。まあ明日まで書くとして2500文字としよう。できるか。組めるか。一行100文字で25行。わからん。詩は行分けになっているぶん計算できんからね。でもやるしかない。ミクロ文字でなんとかしよう。詩も心も。

ええのう中産階級は！

ヘゲロジャーッ！

それが君の現在か。ほとほと呆れ果てるよ。君はおれたちの労働をことさら無視しようとしているが、では君自身はどうなのかね。気持ち良く飼い馴らされているくせに何だ。優雅な身振りをして何に復讐したいのかね。君のルサンチマンは未だに宙を彷徨っているよ。そのスポンジの脳を。まあ残念だ。つまらん時間に捕まってしまったのだ。君はいま小学生のように毎朝起こされているだろう。定時ということを意識しているだろう。それが間違いだ。いったい誰の拷問を受けているのかね。身代わりか？　誰の？　似合わない真似はよせ。逃げられると思うなよ。君がそうやって「良き職業人」になり済ましている限り、おれたちはこれからもその虚妄を突き続けるぞ。
火種はあるんだ火種は！
クックックッ
うん
知らない犬に呪われて
すみません
いやそうやねん
うん何？
毎日仕事に出かけるのがそんなに苦痛？
もう逃げられないぞ！
どうも失礼いたしました
近代の一日
俺はね
虹が虹を生むってやつなの？
はいはい
ですからどうか

あれは赤だからねえ
猿に何が判る！
幽霊はいる
君、君たち、世界人類、みんな嘘っぱち
「また夏だね、いやになっちゃふ」
もおマヌヘストなんか書けまへん書けまぴょん
わしがか？
おうええよもう
「ここがドームでっか？」
君ではないのか？
え？
がっかりです
思い出ならあるんだ！
うん
死亡者は増え続けるばかりだ
「あかんあかん、そこ一通でっせ」

言いたい事は
もういいよそれは
うん
うんうん
ええやんけ人の勝手やろ
患者さん患者さん、どうかわたしにもっとお金を
いやおれはやっぱさあ
どうせ化けて出るなら郵便受けの中にしてほしかったわ
「先日より体調優れず」
延命ね。これがこの文明の諸悪の根源だ。アメリカ文明ね。ディズニーがプロデュースしたやつだ。ゴリラとチンパンジーの仲をネズミが取り持つという。結局あのネズミ野郎が総てをブチ壊したんだ。だってあいつ死なないもん。死なないだけじゃなくてエンディングがないもん。そうでしょ？　ミッキーとミニーの物語には結末がない。まあそんなこと言い始めたら「ポケモン」も「サザエさん」も同じだけどね。なんだろうね。あのネバー・エンディングちゅうかエヴァー・ラスティングな態度は。物語作家にはできないことだよ。ディズニー・プロの最大の発明はそれだな。

ラーッ！
何が起きているのか判らない。僕は落ち着かなくてひたすらおろおろしていました。
次の夢では、何が起きているのか判っていました。説明があったわけではありません。どういうわけか最初から判っているのです。タクシー・ドライバーズ・ユニオンの運転手たちが日本中で一斉に蜂起しているわけです。乗客を人質にしてどこかに向っている。どうやら僕もそれに巻き込まれている。運転手は無線でしきりに連絡を取り合っているようなのですが、訳の判らない言葉をしゃべっている（韓国語？）ので僕には理解できません。いったいどこに向っているのか。それが今度は気掛かりになってきます。不安です。まったく判らない。
うーん何やろうねえ
ノイマン、チェコフィル、死後マーラー
へこむよね
うん
まだ行ったことのない県がたくさんあるんだ。栃木とかね。どこに行ったって同じだってトラヴィスは言うけどあるじゃないか、いろいろ、地酒とか特産とか、祭りとか。祭りはいいよね。地方の小さな祭りね。大垣行きの夜行列車の窓からそういうのが見えるんだよ。こんなふうに苦行していると（でも何のために？　世界人類？　まあいいやそんなこと）ね、そんな提灯のあかりが何ていうか、目に痛いんだよね。わかるだろがよ。あそこには生活があるね。カボチャとかサンマの味がね。キムチとかね。キムチの匂いがするおばさんはいいよね。匂いですぐに判るもんね。あれは人間だ。

まだお盆には早いですが
早く過ぎ去るべきだ人間は！
勝手に軽蔑でも何でもしてくれ
おい、あいつ、まだ何か喋っているようだ
淋しいのでしょうね、やはり
それってプチ自縛やん

…

線香の一本でもあげてください
もちろん、こんな物言いにもうんざりするだけでしょう。では単純な質問。理性と狂気のどちらがより「化け物」か。言うまでもありません、理性です。狂気はつねに「小さきもの」として理性に怯え続けるでしょう。あるいは「小さきもの」の増殖肥大という奇形化の脅威によって。胞状奇形ね。では何が理性に勝利するのか？　判っているると思いますがそれは惰性です。ダラダラ寝てばっかりいるやつに理性は勝てません。だってそうでしょう？　理性は結局は労働を促すのだから。

サーバサバ

とにかく100万円でカタをつけよう

ガックリ来るねえ、正味の話。こないだ現代詩とは関係ない某PR誌に書いた原稿なんて一枚5000円でっせ。8枚書いたから40000円。しかもエッセーでっせ。2時間で書きましたよそんなもん。時給20000円や。よーし、俺にも運が回ってきたと思ったもんだ。これからは1枚5000円の世界に突入だって。連載させてくれってマジで頼みましたもん。それが何だ500円？　何で？　「ユリイカ」って結構売れてるやん。近所の「TSUTAYA」にも置いてあるし。正直言って俺は1枚1500円ぐらいになってないかなあと期待してました。自分では50枚ぐらい書いたつもりでいたので75000円。ね、それぐらいの期待値でいたわけですよ。それが13000円。ね、わかりますよね、やってられませんよ。

回転しまーす

人間的な自由時間も約束されているし

夢では猿
「じゃけんどおよお」？
信号待ちの交差点の向こうにカンブリ君が立っているのではないだろうか
神様？
とかね
絵葉書は好きですか？
何？
もうぜんぜん聞こえへん何？
愛すべき人々の温もりが奪われてしまったところ
ガブリエル！
世界がもうこんなにオレンジ色に見える
金？
さあマツモトケイジ、これからどうする？　どうもせんよ。しゃべり倒したるだけや。
俺の敵はインターネットやからね。俺はやめたもん。接続切った。解約した。インターネットで垂れ流されている言葉の量に勝たないと。あのクソ膨大なおしゃべりの集積と戦うためにこれを書いているわけだ。一人でね。絶対に勝てないけどね。幻想上の勝利も否定してるからね、「重力」は。でも勝たれへんけどとにかくしゃべり続けるしかないんだよ。俺の言葉は400字で100円になってしまったんだ。そんな予感はとっくにあったよ。一文字25銭だ。0・25円だ。しゃべり続けるしかないでしょう。どうやねんその辺？　ノンストップで書き続けていないと間に合わないよ。「遅刻されちゃう」よ。俺はそう思うね。でも仕事や家事はちゃんとやってますよお。それが「ホームレス作家」とは違うところだ。今日だって仕事終わってから娘をピアノ教室に連れていってるもん。一緒に「指体操」してるもん。ちゃんと社会生活してますよお。気狂いではないですから私は。気狂いなんか大嫌い。早く死ねばいいのに。俺は気狂いなんか認めません。絶対。あとアル中ね。最低だね。とにかくアル中のヤツとは俺は線を引いてます。俺は違うからね。あんな狂牛病みたいなふらふらな連中とは違うんじゃい俺は。ちゃんと歩けてるって。

サクラダジュンコ！

救う？

原作はそういうことをちゃんと教えている。ところがディズニーはそれを無視します。「終わらない幼年期」というのがコンセプトですから。それが延命、もっと言えば「不死」の幻想に支配されていることは明らかですよね。物語からエンディングを奪って、その主人公や傍役たちをキャラクターとして延命させて行く。それがディズニー・プロの戦略です。「アンパンマン」や「ピカチュウ」も同じ。物語らしきものはある。でもそれは常に一つのエピソードにすぎない、ということ。一つの結末（死）に向って物語が進行しているのではない。

…

はあ？

起きてるよ

うん

トラヴィスか

いやあでも何かさあ、え？

はい

悪いのはみんなシェーンベルクだ

あかんわそんなん

T／とにかく単純な物語を用意しておかないと世界市民は納得しないだろう

え？

モンテビデオって凄くいい首都（の名前

なるほど

彼らは街を見て、いたいのですからカラス、ともにできればこのまま苛立っているわけ、ですからわたしの指はばらばらでいいのですが、世界は、というか世界軍はそれではいけないようなことを申すので、ね、いつもそうでしょ？　いっつもね、いっつもいっつもいっつも、鈍感な君はね

魔の山？

ええ、アキアカネの群生地です

それもこれも赤ワイン様のおかげじゃないの？

バズーンッ！

結局何がイカンのかって言うと酒だ。それと詩ね。この二つを辞めたら何もかも解決する。たぶん。どうかな。まあでもそれが自立だ。俺なりに。せめてどっちか一つ辞めてと妻は言うんだ。それはもう酒だね。詩はしょうが無いと言う。詩だったら妻は協力すると。エライね。でも無理だ、俺は生まれつき酒臭いんだよ。それにシラフで詩なんか書けるか？　俺はできんよ。だから俺は詩人とか言う連中とはまったく付き合っていないんだ。まったくだ。最低の事をやっているんだよ俺は。だから誰とも会いたくないねえ。同病者なんてね。まっぴらだよ。

で？

いつまでも甘えていてはいけない？

ノズチ？

いま大丈夫？

…

何言っとるんか聞こえへん何？

洗濯なんて労働を誰が発明したのかしら

「先日はついつい激昂してしまいまして…申し訳ありません……大変…失礼してしまったのでは……ないでしょうか…」

そうだろう？

九番、十番、死後マーラー

ああ墜ちるね

何で？

ガキの迎えね。ああ行くよ。黙っとけこのアホンダラ。俺は行くっちゅうたら行くんじゃボケ。メンドクサイのおしかし。また酒臭いとか言われるからなあ。保母さんから嫌われてるし俺。いやあな顔される。まあいいよ、世の中なんてそんなもんだ。あかんあかんまた暗い話になってきた。雨が降ってるとアカンね。パチンコ行く気にもならない。まったく無駄な一日だった。一日？　まだ終わってないよきみ、夜があるじゃないか。きみの大好きな夜が。

そんなん大先生にやらしとけばええんちゃうの？

凄い守護霊？

いやもうそんなん最初に決まってしまうんや、死ぬ時に
お元気ですか？

うん
何言うとんか聞こえへん何？

トコロ？

そしておれたちはカンブリアの魚に誘われるようにその穴に入って行った。その穴。世界市民がめいめいに打つ絶望的読点のなかに。ＴＤＵとはいかなる戦線だったのか。全ての窓辺からカーテンが取り外された日、おれは一瞬ガブリエルの溜め息を聞いたように思う。ただし、それはもはや若々しいものではなかった。誰もが老いる。腐る。

君の恋人は自転車を盗まれるであろう
マニフェスト？

庭には沼がありまして
私？
うん
え？
おいもうピーピーいっとんねんお湯が！
うん
え？
神様なんかな
うん
サーバサバだ、何もかも
夏の夜と言ったって昔のような風は吹いておりませんし
腐るよね
…
ヨーグルトも生ハムもトマトもわたしも
怨念の？
昼間まで寝とって何が悪いねん

これが報復だ！
ラアーッ！
いや考えたらやっぱ無理やねんって
こういう発見が生きる歓びだ。娘は俺に似て言葉の感覚がヘンなんです。幼児はみんなヘン？　まあね。でも「ユニクロ」のことを未だにかたくなに「ミミクロ」と言いますからねえ。絶対に「ユニクロ」とは言わない。彼女の感覚では「ミミクロ」でないと駄目なんですよ。そういうの俺はめっちゃ判ります。「おたふく風邪」も絶対に認めようとしなかった。「おたんこ風邪」じゃないと許せないんです。だからわしらがいくら「おたふく風邪」と教えても言う事ききません。ひたすら「おたんこ風邪」で通した。病院でもそうでしたからね。女医から「カーハちゃんはおたふく風邪よ」って言われても首ふりましたからねえ。「そうじゃないで、おたんこ風邪よ」って。「そうじゃなくて」は「そうじゃなくて」というのも彼女の文法では間違っているわけです。「そうじゃなくて」は「そうじゃないで」が正しい。絶対に引きません。訂正しない。
人間の顔はもうどう見ても美しくありませんからね
恋愛ってどんなの？
茶番？

そんなことができるのはズルイ魂だけ?
風の尻尾が見える
え?
予言という予言はアラビアの夜にくれてやるから
T/とにかく
DU/どこかへ迂回してくれ
早く患者さんをミミクロに連れていってよ!
何でおれが死ななあかんねん
わたしはその夜もばらばら指のピアノ弾きとして黒鍵上を跳ねていたと思いますがてんででたらめに。傍から見ればいい歳をして何をしているのだろうとか。狭いキッチンにすっぽりはさまったまま眠っている蜘蛛女の記憶はさすがに断片的なもの、わたしのもの、夜は何時からいったい断片的になるのでしょう、とか。
君たちのリーダーは?
世界はいつからこんなふうになってしまったの?
冷蔵庫の中に犬のお化けが
いいやんそれで

そう
わたしの夫が言うのですしきりに、アゼルバイジャン、アゼルバイイジャン、イイヤン、イイヤンケ、妙に身体がくねくねしておりましていったい何がしたいのか、判りませんちっとも、ちっともいっつもいっつも、いっつもいっつも全然。
もしもし?
おいやめてくれよ
人間?
そういう主格をわたしが書いたっていうの?
「ビート読本を中央線のつり革にぶらさがって読みふけっていた私の夜の小さな恋人は」
知らんよ
奪われた?
もうやめたれよ
そんな契約をした覚えはないのですけれど
泣いていたと思います
いいえどうでもいいんです

うん、

グジャグジャ言うな！

賑やかな飾り付けもうるさいだけ

どうして？

ああわかった

あれや、七夕さん

そしてテクストの時代を終えるのだ

え？

無理っちゃうか？

いや、いや

やっぱ最低1000円ちゃうか。しつこく言わせてもらうけど。あのね、俺15年ほど昔に情報誌の新作ビデオ欄の解説書いとったんですわ。解説っちゅうても実際にビデオ観てどうこうなんていう立派なもんじゃないですよ。データと200字程度の作品紹介というもの。もちろん名無し原稿です。資料はチラシだけね。チラシも無い時はパッケージのコピーだけ。で、チラシの文言をリライトするわけ。パッケージの場合は情報が不足してるので、勝手に想像して書くわけです。結構いい加減。でもそれだって一作品800円でした。だから一時間以上かけてられません。ササっとやっていくわけです。毎月30本ぐらいやってました。それぐらいやらんと生活費の足しにもならへん。まあ雑魚ライターね。それが15年前。それが1枚800円。半年しか続かんかった。だってやってられへんもん。それが15年前。で、15年後に500円。詩で500円。リライト以下。まさかね、今になってね、何ですか500円って。

もしもーっし！

まあね、そんなもんちゃうか

回虫相場？

詩人、なんだそうです

大きな台風がやってきます

先日は起きたら夕方の五時という調子で

死ぬからおれは

「ガブリエル。タクシー・ドライバーは今ではみんなガブリエルという名前です」

ブロンを買う金ぐらいはあるんだ

とにかく、あなたのパーソナリティーの一切が病理に還元できるとは思いません。適当に気持ちの良い薬だけをゲットして、都合の良い診断書を書いてもらって、身体が楽になりさえすればいいのですから、病院なんか利用しまくるのが正解です。カウンセリングなんて嘘で通せばいいのだから。

いや結局な、そんな金ないねん

うん

って顔ですよ。戦っています。とにかく「泣くな」って教育してるんですわ、俺は。それだけです。それ以外の教育はしてません。妻はいろいろやってますが俺の担当は「泣くな」教育です。だから泣きません。泣いたら無視します。

恥ずかしい近代病だ

何、え？

東京都記念？

零番地？

森？

喰うか

それってあれ、パセリ

娘が毎晩ポケモン大会を開くので困っておるのです

いや、え？

手紙ぐらい書いておきなさいと妻はしきりに申しますが
ラアー!
工場から出た虹のスロープを君はするすると
1300０円ねえ
あ?
なんてしつこい
魂?
同意、ってことが彼らには必要なのかしら
おおそうや
どうもこのごろは酔いのまわりが早くていけません。ちっとも覚えてなんかいないんです。行き先も告げずに眠り込んでしまったようで、タクシーは私が目覚めるまで首都高速を走り続けておりました。メーターは上がりっぱなし。あいにく持ち合わせがありませんでしたので、請求書を「遺族会」宛に送付していただく事で話をつけましたが、運転手は住所も聞かずに走り去りました
うん
死後死後マーラー、死後マーラー

え?
労働(ノドン)一号、発射!
美しかったものすべてを鷲摑みにして
あああ
おい人間、書けよ
TDU/太平洋にドコモを浮かべて…
誰?
ヤコブ?
「それは仕方ありません。ピラミッドの時代から奴隷は必要でした。奴隷には神話が必要でした」
どうしようって
…
君は宇宙人に選ばれて消しゴムで消されるだろう
え?
猿「キーッ!」
いかにいかで、だからイカやで

可能性の話なんてもううんざりだよ

「スモール・グレイ。小柄で体毛がなく、瞳のないアーモンド形の目を持ち、指が四本」

誰や？

「君、それはミ、サ、イ、ル、だ」

次の詩集のための資金調達に苦心している次第です。勝手を言って申し訳ありませんが、取急ぎ一万円札をＦＡＸしていただけないでしょうか

時間がなくなって行く

…

うん

でもね、僕はそれも嫌だ。詩人というのはどう考えても恥ずかしい存在、おぞましい存在です。そうした言葉が何やら特権的に響いてしまうとすれば、こう言ってもいい。詩人というのは人間の屑で、存在の仕方自体が間違っている、勘違いしていると。言ってみれば自分の肛門から寄生虫を引っ張り出して食べ続けているような存在です。食べ続けていないと死ぬと思っている。それが栄養になると勘違いしている。そんな最低の人間が何をすき好んで人前に出ますか？　まったく理解できない。吉増剛造の

朗読なんて「つぶやきシロー」以下だと思いますがどうですか？　違いますか？
五月蝿い
扇風機で我慢せい、この貧乏人！
血はこんなに騒ぐのに
うーんまあな
悪い事をしてしまった
いっつもね
U／宇宙霧が舞い降りる古都を私ではない男が彷徨っている
ばかやろう
レイラ？
ほら、ボラが釣れた
だって私たちにはミミクロがあるんですから、ね
もう滅茶苦茶なことになっていますね。ほとんど幻聴ですよ。私がそんなことを常々考えているわけないじゃないですか。教育だって？　いや私が教育されているんですよ妻や娘に。女どもに。今朝も「お前らなんか嫌いだ！　性格が悪いから嫌いじゃ！」って私は…

結局な
ピューリ、ピューリラって
…
女性センター？
腐るほどボランティアがいるんだから
壊滅？
見えるさ、見えなくても
そしたら洗濯なんてしなくていいもんわたし
「原生林」
「個人タクシー」
「三浦事件」
「迫撃砲追加」
このあたりに私の首塚があったはず
ジー、ガチャン、首がひと回りしてレンズを交換します
そういう問題ちゃうの？
前からね

青空、爆発、星条旗
今日は朝から大掃除。一人でやってます。やっと一息つきました。本をだいぶ棄てた。5時前にはガキどもを保育園に迎えに行きます。それから予防接種に連れて行く。上の娘は日本脳炎、下の息子は風疹。貢献してますよお家庭に。ここしばらくパチンコもスロットも行ってない。
マクラカバ、一ケ下さい
わしかてそのうち死ぬんやからそれでええのんとちゃうの?
いやそうかも知れんけど
ひょっとすると?
あ?
ジャックナイフと実物大少年!
「同志よ!」って
腰がもう痛くて痛くてなんやろこれ
ゲイルゲイル、ゲ…
失礼いたしましたすみません
ああ罪やな

ジャングルジムの向こうに透明な女が立っていました
同志ね
は?
死者はみんな同志?
不吉だな
は?
知りませんて
穴堀りの仕事が明日あるからと言って僕はね、そうやって
そうやがなおまえらエリートやで
そういう夜のすみっこ
もしもし?
傷なの?
D/ドーナツ島へ行ってしまえ!
ガブリエ、ル?
え?
もう食べられるものは何にもないぞ!

おまえいつ死んだんや
ガブ、ゲイブ、ガブ、ガブ、
どうか間違えないように
というのもイツキはしょっちゅうチンポを触る癖があったんです。その度に俺は叱った。
ああ今何時やねん
名前のない台風が
「そんな怒らんかて……けったいな客やなあ」
…
ガドルワーッ!
ガーッ!
ガッ!
妻「……」
失礼しました
助けてください
そうなったらもうお金を貸すしかないように思います

ジャブ、ジャブ、ジャンヌ

逃げたんでしょ？

やっぱりね、人が良すぎるよ

おれの工場は空き地の片隅にあるよ

アンパンマンに対抗して「詩人君」というキャラクターを考案したらどうかって話をむかし井土としたことがあったなあ。ボロ儲けするには「キャラクター物」で一発当てるのが王道だと。俺はマンガは書けないけれど絵本作家ぐらいならできそうやん。キャラクターとストーリーね。作画はどっかのインチキなイラストレーターにやらせればいい。キャラとしてはスナフキンみたいなやつね。どういうわけか特権的なポジションを与えられているという。名前忘れたけど『スイミー』を書いた絵本作家（小学校の教科書に載ってた）がやっぱ詩人君キャラで絵本書いてるね。『フレデリック』というやつ。ネズミの話ね。他のネズミはみんな必死こいて働いているのにフレデリックだけ何もしない。ボケーっとしてる。「おまえどっか病気なんか！」って言いたくなるような態度。でも最後はみんなの退屈を救うのね。魂じゃないよ。そんな大袈裟な話じゃない。冬の穴蔵の中の退屈をフレデリックが救うという。やっぱ詩人はそうでないとね。せこせこ働いとったらイカンのだ。誰に何を言われようとサボタージュし続ける。それが詩人の根性というものだよ。『彼方へのサボタージュ』ね。稲川方人は正しいよ。ようするに「三年寝太郎」だ。三年っていうのがまたリアルやのお。だいたい詩集ってのは三年に一冊って感じだからなあ。それでドカンとやるのがニッポン昔話の「寝太郎」です。社会に貢献するわけね。村を救う。詩人は三年寝ていても何も貢献しないからねえ。ドカンといかんもん。シャバイのお。シャバシャバや。自分ではスナフキン的ポジションのつもりが村人から石を投げられてばかりという。でも考えてみい。それってファン・ラモン・ヒメネスやん。『プラテーロとわたし』やん。必要なのは一匹のプラテーロか。プラテーロさえいれば詩人君も「ノーベル文学賞」が貰えるというわけね。やっぱりロバか。ロバ的存在（相棒）が詩人君には必要なのだ。サンチョパンサだ。レギオンだ。バルタザールだ。

ラマン、一匹！

御中元や！

え？

それが運命です

眼球黄濁

魔女っ子文書？

最初の夢では、僕はタクシーの運転手と幽霊の話をしていた。タクシーの運転手はコテコテの関西弁なんです。たぶん大阪が舞台になっている。最初の夢はそれだけ。
はい、え？
青いインクが染みた包帯がうじゃうじゃと這い出してくる
で、どう変化するんだい？
脳のね
はいはい
グジョグジョ体
わかるねんわかるねんけどな
紙は燃え尽きたのだ
そう、もともと
私はそう
うん

夢のなかで僕はタクシーに乗っている。
頼むからもういいよ
いいよ

俺は何かを言いたいのではない
ほいじゃあな
永遠
うん電池切れ
「鳥たちから君の鳥へ」
もう疲れた、疲れたよ、ああセルジュダネー！　それが仕事帰りの夫の決まり文句で、なんとなく判るような気にさせられるから危険、ね、だって判らないものやっぱり、ダネーダネーダヨネー、まったくセルジュダヨネー、何やってんだろうみんなバカでどうしようもない、そうダヨ、本当に使えないやつばかりダヨー、ああ疲れたヨー、もうこうなったら絶対セルジュダネー。
雨とともに側溝におちて
サイアクナ式ダ
センタッキの中から
ラアーッ！
還元や還元
しかるにいかなるしかならしかなのか

何をしているの？

何があかんの
ブラウザ？　それ何？

またＴＤＵからだわきっと、よせばいいのにいちいち相手なんかして人がいいったらありゃしない。「職場では性格が悪いってみんなから嫌われてるんだぜ」だなんてあの人は言うけれどみんなって誰？　あなたなんかをいちいち嫌う人なんてどこにもいやしないわ。ね、そうでしょう誰とも話をしないんだもの。そのくせ一度話しはじめると気狂いみたいに饒舌になって手に負えないのだから。惨めね、あんなろくでなしの集団にしか相手にされないなんてＴＤＵ、いっつもＴＤＵ、難しい顔をして話し込んでいるけれど酔っ払ってるから舌が回ってない舌が舌舌ッ！

ガッガガッガガガッ！

いいさ。そのうちみんな死ぬんだよ。絶対死ぬ。おまえは絶対死ぬ。そんなん予言ちゃうやん。当たり前の事やん。俺は詩を書くよ。悪いかばかやろう。時間が無い。今日が終わる。残酷なことだ。書き続けることだ。しゃべり続けるんだ俺はとりあえず。詩人は怠けてるよ。一冊の詩集に三年もかけるなよ。金が無い？　じゃあ金があったら毎年三冊出せるか？　俺は出せるよ。だからなあ、金をくれ俺に。俺ら一家に。経済的自立なんてどうでもいいねん。俺は仕事なんかしたくないねん。家事もしたない。詩だけ書いていたい。それが望みだ。誰でもいいんだ、国家でも地方自治体でも企業でも石油王でもいい、金くれ。妻は言う。いっつもいっつも、いっつもいっつもいっつもあなたは口だけ。カーハが言う。いっつも、いっつもいっつもいっつもケージさんは嘘つき。イツキはまだ日本語が喋れない。俺は時々嘘の日本語を教える。
静かにしてくれ
ガブリエルにはやっぱり浴衣は似合いません
：
ＴＤＵ／タ、デ、ウ、
大変な失礼をおかけしております
それで逃げるか？
浮遊よ、失礼もクソもあるか、それがおまえらの運命や、死後の
とにかく
情報仕入れて来いや
ポエジーとエレジーとバンジーが破滅的に衝突する川面へ
僕らなんて指導されるんだぜ。再教育。「僕はクリスチャンだから坊主の話なんか聞

いてられません」って言ったら、あいつら本当に牧師みたいなのを連れてきやがった。牧師みたいなやつがボソボソ言うんだ。神は肛門に宿りますとか、ね。なあんだ神様ってギョウ虫のことなのかって。

直進しましょう

だからお化けの友達です

うん

「夏時間？」

そしてセルジュダネー

飛行機にもだいぶ慣れましたゆえ、日本上空でもがき苦しむことも少のうなりました

はい

全、日、空

恐く無い少しも

考え過ぎっちゃうの？

うーんん

どうしようもないでしょ？

二千十万年夏休み。男子高生の三人に一人が言語障害に陥るであろう。母音を失った

彼らは「小鳥のさえずり」を一斉に始めるであろう。いわゆる「ピーチク病」である。ポエジーとエレジーとバンジーが破局的に衝突する川面で、美しいものがすべて砕け散るであろう。思い出や思い出や思い出や隠し通した欲望が。そしてテクストの時代が終わる。

ショシュッ！

ショシュッラッ！

ラッラッ！

台風のなかをほとんど死ぬ思いで帰福したばかりであったし、例によって例のごとく日本上空ではアルコールの力で飛行に耐えておりましたので、部屋に着いた頃にはヘトヘト&弱酩酊状態であり、そうした状況下で不意の電話を受け取りましたので、まあ毎度のことで重ね重ねお詫びいたしますが、ろくな反応ができませんでした。

蛇でも喰うか俺は

ええやんか

ね？

そうや

もしもし？

何かが蹈ってくるんだ、布団のなかで！
ゲイル、
ゲル、
ゲ
ブルックナーは凡庸すぎるし
そりゃいろいろあるよ。でも幽霊じゃないよ。全部ニンゲン。幽霊なんかよりニンゲンの方が恐いね。そりゃあたりまえだよ。特に酔っぱらい、あっちの関係、それからタレントさん。何回殴られたか。ヤッさんだけじゃあないんだよ。
右手を挙げる
呼ぶ
ガブリエルの思い出に捧げる
T／退屈
D／団欒
U／運命
残骸
虫

青空
鳥たちはドレイ工場での三年間の抑留ののち、さあ出て行けと言わんばかりにオレンジ林に放たれるであろう。このツチノコ平原では鳥は最低の生き物である。もはや「飛べる」ということが特別なギフトにはなっていないからだ。蛇も飛ぶ。みんな飛べる。だからあとは墜ちるだけなのだが、となると羽ばたきという行為自体の意味も変容するであろう。それは単なる抵抗に過ぎない。ゲイブはそれでも虹をわたろうとするであろう。とっても可愛らしく。ひょっとしたら許されるかもと思って。
うん
見える？
いいでしょういいでしょうクラゲさん
いやでもさあ
トラさんはいいよね。僕も考えたことはあるんだ。「シイノミ売り」って、知ってる？　ドングリあぶって売ってやがんだよ。あれにはまいったね。キョを突かれたよキョを。それがまたそこそこ旨いんだ。微妙にね。これはイケルと思ったよ。まずあれだろ、元手がいらないもんな。ドングリなんて拾って来ればいいんだからよう。ドングリ拾ったからってね、誰も「ドングリ泥棒！」なんて言わないと思うんだ。だってそうだろ？　聞いたことあるかよおまえ、ドングリ泥棒って。ところがね、あれもなんか免許とか許可申請とかうるせえんだ。それによお、「スジモン」が仕切ってやがるからよお、どこの生れだ、誰の舎弟だってうるさいんだよ実際は。トラさんはいいよね。顔パスだからね。
なんて誰にも言えないから
届かなくてはいけない？　俺がか？
エチカとライオン？
でもね
夏の映画館にはお化けが来てまして、ガラガラだというのに遠慮して立ち見しております
昨日とか
今日？
わからへん、何それ？
タクシー無線では詩が、日本の現代詩が飛び交っているわけですよ。世界軍に理解できるわけがない。ＴＤＵの連中が何か喋っとる。日本中で喋りまくっとる。わからん。わからんけど必死になって傍受する。書き写す。そういう詩。「ＴＤＵ」というのは

そういう現代詩だったんです。僕はそれを書きました。
で？
ひた隠しに隠す君の欲望は
顔写真
オレンジ
あろうことに詩を書いているのです
うん
そういうわけで七夕の夜は
海か
はい、はあはあ、ああ
ね、判らない、いったい何がして欲しいのか、ヘビ男は言いますバンダイサン、バンダイサー、だいたいそんなもんバンダイサー、考えたってバンダイサー、結局はバンダイバンダイサー、唇が動いています、薄っぺらな、ヘロヘロの、それってキクラゲ？
うん
それは「血」か「皿」か

ええやん、みんなで死ねばええやん

予防接種行って来ました。娘はね、もう泣きませんね。注射されてもね。絶対に泣くもんかって顔で女医を睨みつけていました。そういうお姉ちゃんを見てイツキも最後の最後まで泣かなかった。針を入れるところまでは泣かない。チューっとワクチンを入れられて最後に泣いた。でもすぐに泣き止んで医者を睨んでいた。「何してくれるんじゃアホンダラ」

え？

自律神経がどうのこうのと今は大袈裟にいいますが昔はね、ぜんぶ知恵熱で片付いたわけでしょう？

いやちゃうねん

墜ちるさ

大変失礼しました

ああ

「いやキタだ」

もう言うな、判ってるって

カンブリ・アキとは夢で会いました

うん

いやでもなあ、うん、うん

パチンコも悪くないんだ。なんたって全国どこにいってもあるからね、パチはね。僕は日本中のパチンコ店を転々としてみたい。これだって立派な放浪だろ？　3ヶ月とか半年で辞めてまた次の街に行くというね。どうせ身一つの住み込みだしね。できると思うんだ今からだって。やろうかな。

「結局」が好きだ

「ペロペロピーだよ君」

え？　聞こえない

おまえ、おい浮遊、あっちゃこっちゃ行っとんのやろ？

流されてしまえ！

「ネコのような瞳が特徴のラージノーズ・グレイ」

ネズミ花火の火花のくるくるの

みだれ髪？

青土社としては「6頁分の原稿料しか出せない。掲載してやっただけでもありがたいと思え」と。ちょお待てよ。6頁で13000円ということは1頁2000円強か。

なるほどね、よしわかった。これから「ユリイカ」に書く原稿は1頁2000円ということだ。こうなったら新聞の見出しみたいなでっかい活字で組んでもらうからな。1頁1文字だ。6文字で12000円。ええか？　ええのか？　よし、それなら俺も引き下がろう。もうそういうことにしてしまおう。そうせんと俺的に収まりがつかん。嫌な予感はするけどね。今後二度と「ユリイカ」から原稿依頼が来ないという。

おいで下さいあなたも
幼い鳥が飛び立とうとしています
ふと、からかってやろうと思い
おれも実はそうなんだ
え？
単純に
太陽には感謝しているのです子供がおりますから、わたしどもにはおります二体、それでとうとう太陽に感謝せねばならない身の上ですがあたりまえです、あたりまえ、それにしてもいつまで眠っているの君たち、夫子供一式。
え？
君はジェット気流に押し出されて数万匹のミミズに分身するであろうガブリエル

この猿の惑星にも秘めやかな小動物たちの世界があることをどうぞお忘れなく

ええ?

D/ドラゴンは実在する

「ラジオを切れ!」

やれやれエレファンとかも乗せるようだ

先日は暑いなか古本屋を案内していただきありがとうございました。あの辺りは考えたらほとんど歩いた事のない界隈でしたが、考えるにこちらに来てから都市を散策するという楽しみを棄てている(かつてはよく意味も無く散歩したものです)ので、あたりまえの嗅覚さえなくなってしまったのでしょう。一度行ったはずの古本屋の場所が判らなくなるなんて(そして教えてもらうなんて!)むかしを思うとまったく信じられない。むかしと言ってもたかだか5、6年ですが結局、街への興味自身を見失ったのでしょうね。所詮ここはあさましい商都ですからね。映画館にも全然行ってませんし。

夏はチュルチュル回虫ソーメン永劫回帰!

電話なんかかかって来ないから

それって当然の帰結のような気がする。何が帰結したのかって? わかるだろ? ライフスタイルだよ。

三万円？

勝手に

「チンポばっかり触るなアホ！」って。それがイツキは嬉しいんですね。叱られているという自覚がないんです。だから叱ると余計に触る。「テメエこのクソガキいっ、チンポ触るなよチンポ！」って調子です。不可触チンポね。それを繰り返しているうちに、ある日チンポを触りながら「ティンポ、テポオ、テポオ、ティーンポ」と言ったんです。本当です。私はその瞬間を目撃しております。「パパ」や「ママ」より「チンポ」が先です。

同情するのはリヒャルト・ストラウス

二人して耳を塞いでおりました

自動販売機ごと買って来い！

一緒に卒業式を挙げようぜ、耳たぶの後ろで！

なんだやっぱりそういう目的かと思い

ああ厭だみんな腐っていくわ

はい、え？

「ではバックで入りたまえ」
あああ
俺はバイキンマンの孤独と自尊心を
でも私は期待しない
やめていいよ
はああ
しかし日本脳炎というのは何度聞いても凄いネーミングだなあ。俺はガキのころから
この病名聞くだけでビビッていました。いったいどんな病気なんだ。「アメリカ脳
炎」とかもあるのかねえ。何が恐いって「脳炎」やもんねえ。「ブレインバスター」
でしょ。「狂牛病」なんかよりよっぽど恐いよ。「日本脳炎」にかかったアメリカ人と
かいるのかねえ。いたら面白いねえ。「アメリカ大陸に日本脳炎上陸！」なんてね。
「とにかくヤバそうな日本人は全部焼却処分」とかね。俺なんか即刻焼かれるね。ふ
らふらしとるもんね。もうまっすぐ歩けないもん。
いずれ雨に流され
思考がピュー
「切れ！」

ステーション、ステーション、ステーション!

何?

どうしてそうなった?

これもあれかね、ユダヤの陰謀かね。まあね、冗談にもなってないな。でもまだ俺は「白い粉」が送られて来た方がショック小さかったと思うよ。13000円やもん。内訳も何もないもん。グロスで13000円。そんなん土方1日やれば稼げるよ。あ、何かしつこいなあ俺は。でも大事な事だ。金は大事だよ。ようするにこういうことや。「おまえには好きなように書かせてやった。だけど元々の原稿依頼は最大6頁だったはずだ。よって…」

うん

煙草飲みの、蒸汽機関のような年寄りのなかで育ちましたゆえ、なにぶん躾がなっておりません

2001・10・20　零時

ちっともかまわない

どうせ想像界のことですから

いかで?

それってイカやで

いいと思います

……

詩人ね。どうかと思うよ。気持ちの問題だなあれは。別に書かなくたっていいんだぞんなもん。マジで書いてる方がどうかしてるよ。黙っていればいいんだ。そうだよ、これからずっと黙ってよう。それで時々ボソっと一言、ね。意味アリゲナ。それがスナフキン的ポジションというものだ。でもズルイねあれは。そんなポジションが通用するのかね、今の世の中。まあ無理だろうな。無理だ。やっぱしやめた。トラさんも無理だし、映写技師もね、考えてみれば監禁だからなあれは。暗室の中に監禁されて一日中やってんだから。囚人以下だよ。やっぱタクシー・ドライバーだろ。パチンコもなんか警視庁が介入して来て「パッキー」とか健全化だとか言っているしね。ああヤダヤダ。無法地帯はＴＤＵだけじゃないかね。あいつら道端で平気で居眠りしてるからね。タクシーから一歩外に出たらみんな浮浪者だよ。僕も昼間っから路上で眠ってみたいよ。めっちゃ気持ちいいだろう。いいなあ。ＴＤＵは根本的に馬鹿にしているね。都市を。世界市民を。

ゴキブリ一匹でもうお引っ越しですよ

団地妻？
「しなつくり」って言うんだああいうの
好きならお送りいたしますが
「東京からでっか？　大阪は暑いでっしゃろ？」
うん
鯖、
神様に近付くのか？
ロープウェイで「御在所」という山に登って来ました
ユニオンのみんながいっせいに恋愛をし始めれば
もう太陽が太陽のままで射しませんからね
ラーメン食べんねん！
え？　何？
いらん
いいよべつに
ゲイブ！
ともあれ先日はありがとう。頭がボーッとしておりますので何に対しても鈍い反応しかできませんが、帰りのバスのなかで物凄く妙な気持ちがしておりました。だってこれから気狂い病院に行くという人に古本屋を案内してもらっていたわけですからね。そして僕はこれから保育園に子供らを迎えに行くのかと思うと、ほとんど脈略のない夢を見ているようにしか思えない。最近見た一番の悪夢は、閉じ込められたエレベーターが猛スピードで横移動しはじめるというものでしたが、まだそっちの方が現実的だったような気がする。
ミミクロ?
僕らはそう呼んでいました
判りますよね?
そう、モーツァルトの回虫は今でも生きているし、君や僕の肛門にも宿っている。ありがたいと思え。それがロンドという時間の形式だ。回転するんだ回転、暑いなクソもう。
またな
雨は雨で
働こうとしない
お金って、幾らぐらいでしょうかね

ああ鳥が墜ちる！
あの消尽点
行くわ
ウニでどうだ
ウニカは？　チュルンチュルンで一家発狂だ。いいぞ。俺好みだ。この夏は静止画のまま過ぎて行けよ。畳から嫌な汗が出ないように俺はバルサンを焚こう。バルサンの白煙のなかで一家四人団欒だ。団交だ。団栗だ。製氷機への期待は増すばかりである。言っておくがグランパルティータ、木管の涼風に我が家の風鈴は歓びっぱなしだ。これがありうべき夏。
戦後
え？
待っとけよ
無理やね
ぼんやりした画ですよ、しょせん、なにもかも
松本悲歌
人間が空から堕ちて来る

スパイ？
ああクロネコだろ、まず間違いない
おかげさまで川っぷちの大王
海もか
絶望的です
やっぱり失礼してしまいました
取り戻せるか？
うん
ハイウェイを爆進する詩
うん
え？
あかんの？
でも動物の霊はだいたい匂いで判るから
〆切りが10月31日まで延びたとの連絡を受ける。製作進行上の遅れ、というのが理由だが、まだ書けていない者もいるらしい。それを聞いてすっかりテンションが落ちてしまった。俺は10月20日までの命だと思ってやってたんだよ。

搾りだせ！
肛門の神様
…
〆切りがさらにひと月延びた。私は書き続けることにしよう。もうテクストの瓦礫化になど何の期待もしない。私は失敗したが、みんな失敗したのだ。付け加えることならば幾らでもある。だがそれはもはや詩では無い。今は東京出張時に散財した6万のキャッシングの支払いと、四日市の母の脳にできた腫瘍が不安材料である。妻の機嫌は相変わらず悪い。だがその機嫌に一々ビクビクするのはもうやめようと思う。私にはカローラがある。いざとなればカローラの中で寝泊まりすることだってできるのだ。酒の量は習慣とともに増え続ける。だがそれを運命のように諦めてはならない。
…
光り物
…
瓦礫
…
この一週間で14万円もすってしまった。スロット全敗である。そのうちの10万はキャッシングだ。来月には妻にバレるだろう。家は崩壊するだろう。こういうのも緩い児童虐待になるのだろうか。今日も仕事をサボってしまった。出勤するふりをして、マクドナルドで時間を潰して、キャッシングして、スロットで負けて、家に帰って来て、ああそうや原稿書かないかんと思って、酒を飲んで、これを書いている。職場には電話を入れる気にもならない。どうなるんだろう。もう終りだ。

：

死臭がひどいですね

：

る

2001年11月8日午後3時。あと3時間で妻は子供らを連れて帰ってくる。その前に逃げるしかない。車はある。ガソリンならコスモカードでなんとかなる。これを書き終えたら逃げよう。瓦礫の下には何もない。ニューヨークよ、瓦礫の下には何もないぞ。それは家に帰っても何もないのと同じだ。陰惨な時間だけが残る。それが敗戦ということだ。俺の妻は職場の汚らしいオヤジどもと温泉旅行に行くと言っている。いいさ、浴衣で団欒して来なさいよ。汚らしい、汚らしい国だ日本は。詩か。何もないよ。さっきから電話が鳴りっぱなしだ。うるさい。鬱陶しい。

U／梅宮君
U／うつむく旧国鉄職員W氏
俺と一緒だな
カーハちゃんはピョンピョン跳ねるでしょ？
今誰が言った？
うん、淋しい
……
「職安通り」を流してくれ
何もかもだ
女の霊だ
ああ
本棚の総ての詩集がよそよそしく思われる。そして新しい詩集はみんなソッポを向いている。ニュースの言葉はいよいよ醜悪になるばかりだ。「子供たちのために」と妻は言う。
そう、世界で一番美しいテクストは「耳無し法市」だ、間違い無い
D／団交に明け暮れる

そんな匂いがしていました

三人目は勘弁してくれと妻は言います。でも僕としてはもう一人女の子が欲しいんです。彼女に「花」と名付けたら僕の生涯はそこそこ納得できると思うわけですよ。このまま終わったとしてもです。「一葉」「樹」「花」。それでもう充分。金があればできるんですよ。僕にもうちょい稼ぎがあれば、いや、今は無くてもね、将来性があれば妻も拒絶しないと思うんです。将来性0ですからね。ゼロ。何年後にいくら給料貰えるかなんてほとんど判っているんです。役所ですから。いくらがんばってもね、35歳で新規採用ですよ。そんな男に何が期待できますか？　おまけに詩なんか書いているんですよ。自費で詩集作ったり10万出資して雑誌に参加したりしているわけだ。みっともない道楽者なんです。同じ道楽でも何かもっとマシなことがあるやろうと。酒か？　パチスロか？　最低やね。まあな、道楽で子供は作れんわな。さすがにね。僕は結局は「花」のない生涯を送ることになるというね、小咄にもなりませんよ。もうこうなったら無理矢理「犯す」しかないね。ドメスティック・ヴァイオレンスね。エステティックじゃないよ。「はらましたるねん」という。怨念だ、怨念。

誰も助けてくれなかった

は？

うつぶせで眠る夏の畳、に帰りたかった
虫ね
ああ跳ねるね
そうだよ
…
その次が「アラビアの夜」ね
D／ダミアン君
もしもし？
オヤジと温泉に行けば出世するのか？
それって歓びじゃないの？
駄目だね
耳が遠くなって、視界が狭まって、疎外されているって？
女なんか
人の死に涙している場合ではない
歩いた
もしもし？

樹を植えたのか？

……

とうとうスキャットだ

歌うな

いやもう説教はうんざりだ。こうした対話もすぐに断ち切りたい

イツキ君もその種族だな

あいつ裏切り者ダ！

T／タンバリンでどうだ

消えちまえ

頁は剝き出し、ね？

「1ちゃんねる」状態だな

電話が怖いって本当？

君は幼い

「この耐え難い時間」を流す

そんな不幸がどうして好きなの？

一羽のカササギが舞い降りる

あと加湿
霊が咽に憑いた
おまえ誰だ?
でも歌っているよ、ほら?
流れよ
俺は柔らかいタクシーになって銀河を流す
それが祝福よ
あなたのガブリエルが歌っているのよ
熱帯樹林を森の王様にしたのは彼らだ
どうして駄目なんだろう、少し考えてみようよ
るるるか
夜の身体のね
空気を清浄するべきだな
え?
だから夜の身体を探しに行こうよ、タクシーに乗ってさ
…

違うね
これからはそういう緊張のなかで生き続けるしかないだろう
死者だけが清潔
流るる
せいぜい出世しなよ
ぜんぜん違うよ
「僕が行く福祉センターはありますか?」
おれは結局「パニック」という言葉を使ったんだ。不本意だったけどね。それでなんとなく理解がついた。パニックね。パナソニックね。便利な言葉。
ワインとヴェインは似ているな
いや、もう誰とも対話なんかしない
るる
俺の詩はもう終わらない
本は内側に閉じるようにできている
U/歌えない
俺は口笛さえ禁止しているんだ

ああ、酔っ払ってね
……
D／だいたいトナカイのようだ
る
突っ込むぞ
もうえええっちゅうねん
俺は酔っ払ってイツキ君を創造したもん
U／運命的に
誰の声も聞きたくない
歌うな
「鼻歌で歌えインタナショナル！」
「おれはもうそういう詩を10年前に書いたよ」
T／東京の秋は
「子供たちのために」と妻は言った。勝手に壊れないで欲しいと。もう「私のために」とは言わない…
嫌だ

もうなんか
咽が乾いたよ
T／トランスに騙されるな！
流す
無いね
ああ
もうやめようよ
眠りを約束しているでしょ？　それじゃ駄目なの？
きみの皇居の森に
るーるる
「汚いお金を持ってきました、きれいにして下さい」と鳥
この汚れた血を
聞きたくないねえ
今でもそう思っているの？
ドームに、子宮に、皇居に
無いよ

……
そう？
ノアの一族だって方舟の中では酒浸りだった
だからそれが残酷？
咽が痛い
D／ドラって、どうよ
え？
とその霊は言った
「お酒はありますか？」
俺は欲しいものは欲しい
うん、カーハも
ああ、俺の顔を見て跳ねるんだよ、意味もなくね
だってね
ああ、そういう映像なら観たことがあるよ。地面に小さな穴を掘ってね、男の子たちがチンポを突っ込んで、ヘコヘコしてた。そんな種族がアマゾンとかにはいるんだ。
さあ、

読め！
そういう一家でいいのか君たちは？
そんな家、もう無いよ
おまえは巨乳タレントか？
うん
午後10時。それから俺は唐津の手前まで車を走らせた。コンビニで缶コーヒーを買って、見知らぬ国道を眺めながら飲んだ。せいぜいここまでだ。結局、帰るしかないのだ。無駄な抵抗はやめろと誰かが叫んでいる。家に帰ると妻が泣きそうになっていた。「どうしたらいいのか判らない」と彼女は言った。職場の上司はしつこく電話して来る。しょうがないので電話を取った。今日なぜ休んだのか、なぜ連絡をしなかったのか説明せよと言われた。黙り込んでしまった。俺だって判らないのだ。
こんなん詩とちゃうよ
きみは大地と性交したことはあるか？
架空の
ありますよ
そんなに歳をとるのが怖いの？

T／戸塚ヨットスクールで
おまえだっていつ死ぬかわからないのだから
僕は悲しい
本当にそうなの？
鼻歌だ
U／ウランバートルから来たサンタクロース（不法入国者）
T／トナカイなのか
るるーる
太った人。オジサン。あなたの大嫌いな。汚らしい……
D／溺死した
君は少し喋り過ぎた
まあね
：
黒、
黒、
黒、

黒、

「そんなことでいいのか君は！」

リーダーは最初から地下に潜っているものだ
「そうだ。君の血は澱んでいるくせにやたらと騒ぐ」

明日？

うん
やっぱり白蛇様か！

そして分身して行くのです。増殖して行く。わらわらと湧き出て行く。虫みたいに。夥しい小さな虫。線虫みたいなやつ。炭素菌の映像みたいな。そういうのが毎晩うじゃうじゃ蠢いていると思います。見えますよ。手のひらからほら、いっぱい垂れ下がって行く。痒い。

ラアアーッッツ！

「どんなの？」

天からキャスター・マイルドを降らせろ
……まったく不愉快だ。活字合金に対する憧れは計り知れない。だがその憧れが失われつつあるテクノロジーへの郷愁に回収されてしまうとすれば。

いつ？

「猿のように穢れているが」

ああ

寝静まったリビングに足音だけがしている。今夜も「ずりよる」者が来ているのだ。「にずる」者たちが。「餌は無い、帰れ！」と叫びそうになるが、子供たちが起きると鬱陶しいので押し殺した。なんてね。そう思うだけ。たぶん。しかしなぜ彼らは僕を咎めるような眼で見るのか。それが問題だ。

どんな？

寝たら教えてやる

勝つんでしょ？

「君が猿田彦に反抗してばかりいるから御先祖様はたいへん肩身の狭い思いをしておられる。白蛇が誰の化身か君は知っているな？」

……

あるんでしょ？

もう書くな

猿がそう言っているのですね

「負のパワーだ」

でもどうすればいいのかわからないのです

国会議事堂の上を大きな鳥が旋回している。黒い旗を持った人々が整然と行進している。白い鳩どもは怯えて震えている。道端で。次に頭にコンビニのビニール袋を被せられた者たちが続く。後ろ手に縛られているように思ったが、よく見ると手を組んでいるだけだ。服装の様子や腰の曲がり具合からいって、年寄りたちに間違いないだろう。子供らはどこだ？　子供らがいないではないか。いや、いる。見えないだけだ。最後に登場するのは足場板を担いだ男たちである。女たち？　女たちは全員バスに乗っている。動かないバスの窓から無言で見つめ返す。点滅する信号の黄色。黄色。黄色。早朝なのか、黴臭い風が吹く。

夜しかない

「猿田彦と出逢いなさい」

長い長い眠りだった。そこで夢見られていたものはこうだ。「私は死んで、一冊の完璧な書物に生まれ変わる」。だが、もはやそんな幻想は棄てるべきである。棄てるのが遅すぎたのだ。最初からそれは健康な眠りではなかった。普通に眠りたい。

弱い？　負ける？

怖いのだろう
やっぱりアンガージュマンが勝つんでしょ？

「蛇のように凍えているが」

もともと枯れるほどの才能など持ち合わせてはいないのだ。私はたった三冊の詩集のために少なく見積もってもその十倍の詩言語を費やしたはずである。書いては棄て、書いては棄ての果てがあれなのだ。しかしもはやそんな悠長なことをしている時間は無い。地方都市で細々と趣味の詩を書き続けるぐらいならばきっぱりとケリをつけよう。それぐらいの勇気はある。とっくに詩人たちとの付き合いなどやめているではないか。私が詩にバイバイしても誰一人気付かないだろう。そうやって多くの詩人が消えていくのだ。続けることにも止めることにもたいした意味はない。欲望が自然死するように詩から離れて行けばいい。それを長い間望んでいたのだ。そして今、ようやくその時が来た。長い長い眠りから覚めるのだ。ドブに棄てたこの15年間を不本意な抑留の日々として記憶しておこう。そしてすぐに忘れよう。私にはすべきことが山積みになっている。私はかつて無名の野球選手だった。無名のミュージシャンだった。無名の釣り師だった。無名の詩人と引き換えにその総てを取り返そう。

名前か？

うん
そうだ、昼間なんていくら無駄にしたっていいんだぜ
「君の血は少しも美しくないが」
では犬ならいいのか。おまえは犬神か？
うん
結局道楽者にはかわり無いわけね？
ああ
もう笑うしかない
笑うの？
えっ？　血のせいなのか！
油断させるんだ
いつも見られていると思います。そうとしか考えられない。
あの干涸びたミミズたちは、夜の間に僕が吸い取った「魂」の痕跡なんです。太陽への捧げ物です。僕から湧き出て行った者たちだ。彼らのおかげで僕は生きています。百道浜で。そうして僕たちは美しい家族になる。ものすごく孤独な。ね、最初に言ったでしょう。もう何も無いんだと。僕たち以外に何もない。家に帰っても何もないん

です。そこは吹き曝しだ。いつでも家なんか捨てられるんです。家族四人でどこかに行く途中。いつでも。アスファルトを必死になって横切っているんだ。地雷は至る所にあるよ。至る所に。それが現実だろ。

無理だな
私にお金をください
ワザは？　どんなワザ？　キックみたいなやつ？

でも、どうしてなんでしょう。どうしてよりにもよって猿田彦なんでしょう。私は猿田彦という神が一番嫌いなんです。私はできることなら七夕という神に出逢いたい。

ああ
「はい、祖父です。通信兵をしていました。沖縄の洞くつで死んでいます」

飛ぶの？

アンガージュマンか？

でも私は7月に生まれたんですよ！　7月をください。7月だけください！

そういうやつはだいたいヘビの血が混ざっているんだ。映画はクネクネしながら今日も海峡を渡ってくる。あれが媚態というものだろう。詩は山口あたりで消尽すべきだが。門司には来ているな。歴史的に。俺は門司の古本屋で詩集を買い漁ったもんな。

「無いの？　歌？」

ええ

「それは極めて閉じた運動であり、ジャルゴンに支配されたいわゆる知識人たちのサロンでした。しかし忘れてはならないのは、シュルレアリストたちはそうした表現手法を一種のユーモアと考えていたということです」という昨年末のY氏の言葉がずっと気になっていた。ニヒリズムに裏打ちされた知的な冗談か。シュルレアリストたちがそんな閉じた運動を大真面目にやっていたとすればそれはちょっと救いがたいということなのだろう。どこで勉強したのか知らんが、Y氏はそうした救いがたさをユーモアという言葉で救ってやったつもりなのだ。かくして訳知り顔のエセ知識人らによってシュルレアリズムはユーモアとして歴史化される。何と惨めな話だろう。誰も冗談で詩を書いたりはしない。それがたとえ文学の恥ずかしい辺境であったとしてもだ。冗談で生きているニンゲンがいれば話は別だが。

いや美しい

気が滅入るな

今度教えてやる

やだ、今教えて！

どんな?
どうかあなたの月面から僕を眺めて下さい。月曜日には安息を下さい。僕はほとんど空気を吸っていないはずなんです。地面の中から間違って出て来ているだけなんだ。アスファルトの上で干涸びたミミズを僕はちゃんと数えていますよ。職場まで歩く間。理由はない。視線がそこに行くだけです。引き寄せられるんだ。「これを見よ」と言われている。
続くのか
思い当たるか?
詩人だけ返上しても何の意味もないわ
うん
「いいかアホンダラ、おまえ以外はみんな命懸けだぞ!」
寝るから教えて!
チンポのちっちゃいルサンチマンを、助けろ助けろ正義の味方
無名のギャンブラーはどうするの? それも返上する?
「そこでじっとしているのだ。詩を書きたくなった時が兆しの訪れなのだよ。そこで思わず書いてしまうからいけないのだ。判っているだろう。何をすべきか。何が望ま

れているか。君は聴くべきなのだ。聴き続けなさい。そして猿田彦の声に到達しなさい。猿田彦の声は地中から電信柱をよじ登って来る。その声が聴こえるまでじっとしていなさい」
めっちゃ怖い？
無理だな
撮像管の光源は「鮮やかさを欠いたマリン・ブルー」とでも呼ぶべき青の色相に似ている。それはＴＶを常夜灯にして眠りを待ち続けた日々を思い出させる。この光の液体的な浸透はほとんど胎内化された空間のイメージと等価であり、海の表面から底面へとゆっくりと墜ちて行く感覚をちょっとした親しみでもって――畏れもなく――頽廃的に現前させているかのようだった。この浸透の遅さは光の性質ではなく液体のそれに近い。それゆえ私は、このモニターにディスプレイされた映像文字を、青く発光するジェル状のアミーバ――どろりと垂れてくる――として意識するのだ。
アンガージュマンは君だ、勇気のかたまり飛んで行け！
まだ聞こえる
問題は夜だ
「ではなぜ彼の霊兆に報いようとしないのか。なぜ猿田彦にたてつくのか。御先祖様は悲しんでおられるぞ」
なるほど、確かに
え?
音楽を聴かなくなったことはいいことだ。音楽を聴くかわりに、今では声を聴いている。耳の後ろで囁いている何人もの声を。むかしはその声にびくびくしていた。でも一度飼い馴らしてしまえばどうってことはない。僕はすでに父とも和解したし、自分の子供たちに激しく暴力を振るうということもない。妻にもだ。
おいガブリエル、あとはもうジャンケンで決めてくれ
少しじゃ駄目なのよ。全力で考えないと
はい
何で?
どんな?
日曜日はもう来ない
……
最強だよ
彼等はプリントされることをことさら望んではいない。プリントという段階を体験す

ることで彼らの物質性は致命的に損なわれるから。彼らが帰るべき場所は書物ではない。では彼らは最終的にどこへ帰ればいいのだろう。単に情報として記憶されるしかないのだろうか。もちろん彼ら自身がそんなことを望んでいるはずもない。彼らの望みはおそらく「いつまでもここに居続けたい」というものだ。しかしそれでは困るので私は彼らを書物へと追放することにした。

歌は?
ルサンチマンか?
難しい歌だから今度教えてやる
蛇も猿も嫌い
うん
夜
どうするの?
お野菜たくさん食べて大きくなったら教えてやる
タクシーになって銀河を流れよ!
「いいえ、美しいです」
ああ、夢にいっつも出て来る

書くな！
昼間っからビール飲んで寝転がっている連中だ
彼が君を福岡まで連れてきたのだ
血がおれに詩を書かせているのか
君は異常に性欲が強いだろう？　自慰ばかりしている
少しは考えてるよ
そりゃそうだ
いいのさー、いいのさー、こーれーでーよしー
勝つよ
怖いよ
「君はそういう生き物だからだ。はっきり言ってやろう。君は血の巡りがわるいのだよ」
「そのくせいつも食欲がない」
「その白蛇は猿田彦の使いだ。猿田彦は知ってるな?·」
叱られただろう？
はい、夢でいっつも

とりあえずだ。それからお金を貸してやる
そりゃいろいろあるよ。プラトンとか
はい、わかってます
予言者には鬚があるぞ!
ふのぱわー?
海峡を意識していた。今日一日。眠りと覚醒の間が渦を巻いているのだ。それが関門海峡、ということだろう。地理は無意識を傷める。九州。「どぶ」のような境目。脳の溝。長距離ランナーに孤独が約束されているなどと思ってはいけない。
ネガフィルム状の文字盤を通った光はレンズという義眼を通りマガジン内の印画紙に達する。フィルム製版された文字は印刷機を経て紙にプリントされる。プリントされた紙の表面はフラットな艶やかさを獲得しているが、活版に見られるような刻印された文字の奥行きというものはない。この気味の悪い表情はいわば幽霊の如くであり、質感はフィルム上に不意に挿入されたビデオ画像——べったりとした——に似ている。ここで露呈しているのは根源的な欲望のズレだ。
強い?
勝つ?

どうかな
夜を無駄遣いしたら俺はもう終りだ
ぜったい？
土方の血ですか？
「ナキネーリ？」
「魂」とは胃壁のひだひだのことでしょう。僕はそれをしっかりと自覚しています。そういう時間しか生きていないので。ミミズとかギョウ虫とか、そういう感じ。それが全身感覚。脳がどこにあるのか判りません。なくてもいいんです。ない方がいい。
そうよ
でも詩が書きたくなる
それを認めるのが
そうだ。ルサンチマンだ
おまえは一生疲れ続けるのだ。この疲労が恢復できると思うな
血だ！
7月は美しい月だな
そうかな

何だろう
気をつけろ！
太陽は爆発した
そうかな
ああ
僕が精子なんじゃないだろうか。だってほらすぐ妊娠したじゃない。ちょっとやったらすぐできたでしょう。小さいんですよ僕は。チンポだけじゃなくて、存在が。ミクロなんです。本当は見えるはずがない。だってそうでしょう。
やだ！
まあな
凄い？
ミクロマン？
なぜだ？
君がタクシーになれ
和解しなさい
うん

そこで考え込むからいつまでたっても自立できないのよ。だいたい映画の仕事だって道楽みたいなもんでしょう？
その通り
寝ない子には教えない
沖縄はなんとなく嫌いだな。南島には南島の「クネリ」というものがある。
夜、夜
歌？
それで？
ほらこれだ。どうして君はそういう憎まれ口をたたくのかね？
おまえがタクシーになれよ
いや、とっくにわかっているはずだ
父にねだって買ってもらったあの探偵用の小さなカメラのなかには今から思うと8ミリ・フィルムが入っていてそれなりに画が写っていたのかも知れない。玩具と言うにはあまりにも造りがしっかりしていたし確かな重量感もあったように思う。値段も高かったはずだが、幼い頃の私はその超小型カメラを玩具がわりにして遊び、あっけなく壊してしまってはまた新しいのをねだっていた。一度も現像しようとしなかったのはこんなものに画が映っているはずがないと信じ込んで――おそらく父に言い聞かされて――いたからだ。

3万貸すから消えてくれ、俺の前から消えてなくなれ何もかも

俺は知らんぞ寝ているぞ、寝ているあいだにやっつけろ

私はこのテクストにリュウミンLKLという書体を選んだ。なぜなら電算写植という テクノロジーの段階――滅びつつある――にとってそれが最もオーソドックスな本文書体だったから。私はテクノロジーの無意識というものを信じることにした。この書体はレンズとフィルムを媒体とした印刷技術が運命的に出会った「顔」なのだ。

じゃあ敵は？

怪獣は？

たぶんね

飛ぶよ

はっ？

それは当ってる

もしもし？

はい

かつては白い紙だけが文字の場所だった。文字は彼の場所を失いつつある。紙という場所を失っても文字は救われるだろう。フィルムという場所を失っても映像が救われているように。この救われた文字をテクストが悦ぶかどうかはまたべつの問題である。確実に言えることはもはや文字は書物を救わないということだ。

どんな歌？

また夜を無駄にしてしまった

もう嫌になるぐらい怖いよ

それは何？　敵？　敵の怪獣？

プラトン！

どんな？

子供たちの将来のことを少しは考えているの？　いないでしょ？

ああ、そういうワザがあるんだ

あるよ

「土のように澱んでいるが」

まあな

まあね。まともなギャラ貰ってないからね

ちがう、アンガージュマンとルサンチマンは仲間なんだ
無名のアル中は？
まあな
パパ、アンガージュマンってどんなの？
チンポが異常に小さい連中のことだ
ああ…
黒い
黒い
布団に潜り込んだまま泣き寝入りだ
「おまえは土から生まれたのだ。土に帰りなさい」
…
……
さようなら京本君
カンブリアキ君
ヤコブ、ジェイコブ
ガブ、ゲイブ、ガブリエル

おれたちのトラヴィス
そしてメガネ君
2001・12・1
アストロノートはすでに1000000文字を超えてしまった
これから半分を削除する
記憶の外へポイ棄てだ
それで終りにしよう
いいね?
ああ
俺にできることは「否定」だけだ

底本　『アストロノート』「重力」編集会議、二〇〇六年一月刊

カバー写真｜小山泰介
Orangutan's Pee, 2006

松本圭二セレクション5
アストロノート（アストロノート2）

著　　者　松本圭二
発 行 者　大村　智
発 行 所　株式会社 航思社
〒113-0033 東京都文京区本郷1-25-28-201
TEL. 03 (6801) 6383 ／ FAX. 03 (3818) 1905
http://www.koshisha.co.jp
振替口座　00100-9-504724
装　　丁　前田晃伸
印刷・製本　倉敷印刷株式会社

2018年3月15日　初版第1刷発行

ISBN978-4-906738-29-8　C0392